四部要籍選刊·集部

文選

十二

浙江大學出版社

本册目録（十二）

文選考異卷第五

賜進士出身通奉大夫江南蘇松常鎮太等處承宣布政使司布政使胡克家撰

卷二十五○贈何劭王濟○注毛詩傳曰何校去傳字陳云傳字衍是也各本皆衍○爲顧彥先贈婦○注集亦云爲顧彥先案顧當作全見前卷士衡詩題下注亦者即亦彼也不知者誤謂亦此題而改之耳二陸同作不得歧異明甚今世行二陸合集又將士衡題一槩盡改成顧字則更誤中之誤也袁茶陵二本合并此節注入向曰下文句咸失其舊難以取證今不復論

注徘徊相侔瞥若電伐陳云侔當作佯相佯見楚辭伐滅誤案所校是也各本皆譌○

荅兄機○注不相能也日尋干戈以相征討袁本茶陵本無也下九字案各本皆非見下注以服事夏商袁本茶陵本無此五字案此上起左氏傳至末一節注與前卷全同依善例但當云參商已見上文蓋各本皆誤複出尤又從而補之皆非善之舊○荅張士然○

注曹植出行曰案出上當有亟字各本皆脫後八公山詩注引可證感念桑梓城表本茶陵本有校語云域善作城案各本所見皆非也城但傳寫誤善亦作域非與五臣有異二本據所見誤字作校語耳注輱軻長辛苦表本辛苦作苦辛是也茶陵本亦誤倒○荅盧諶詩○注段匹磾領幽州牧諶求爲匹磾別駕表本茶陵本無州下牧諶二字及爲下匹磾二字案無者是也尤誤取五臣良注衍字添耳嗣宗之爲妄作也表本茶陵本有校語云妄善作忘案二本所見非也作忘不可通必傳寫誤而尤改正之者案此或所見不同今無所考長鳴於良樂表本茶陵本無長字注適祇適也陳云上適字衍是也各本皆衍厄運初遘案遘當作構表本注作構成也見下其五臣銑注乃云遘遇也各本所見皆以五臣亂善而失著校語尤因此并改注字益非注毛萇詩傳曰遘成也表本遘作構案構字是也所引小雅四月傳文茶陵本刪去此八字大誤注善馬香草何校馬改鳥是也各本皆誤注杜預左氏傳曰陳云傳下

脫注字是也各本皆脫 裹粮攜弱 表本茶陵本此上有不慮其敗唯義是敦八字云善無此二句案各本所見皆非也詳詩每章十二句傳寫共脫三處非善自無下二處皆經尤校改正之唯此仍其舊爲失於檢照也又疑善尚有注爲并脫一節今注莫可考 注張晏漢書曰 何校書下添注字是也各本皆脫 注倚篠異幹 何校倚改奇是也各本皆誤 虛滿伊何蘭桂移植 表本茶陵本有校語云善無此二句案二本所見非也傳寫誤脫說見上尤校改正之其脩補之迹尚存也又疑善亦尚有注莫可考

光光段生出幽遷喬 表本茶陵本有校語云善脫此二句案傳寫誤尤校改正之說見上此二句善注各本具存益足證非善自無也凡表茶陵二本據所見爲校語未嘗謂善眞如此讀者每誤認觀此可曉然矣 注夫招大夫以旌 表本茶陵本旌作旍案正文作旍旍即旌字陳云上夫字衍是也各本皆衍

〇重贈盧諶〇注以激諶素無奇略 何校素上添一諶字是也各本皆脫

注非得公侯 案非當作兆各本皆譌 注巳見謝惠連張子房詩 何校惠連

改宣遠是也袁本亦誤惠連茶陵本所複出更非○贈劉琨○注宋伯謂晉侯曰何校宋伯改伯宗是也各本皆誤注周易繫辭袁本茶陵本辭下有文字是也注老聃謂崔曜曰案曜當作耀見釋文茶陵本曜作瞿依今莊子改未是也袁本亦誤曜注楚子和氏案子當作人各本皆誤良謀莫陳袁本茶陵本謀作謨案此或所見不同今無所考使是節士袁本茶陵本使作狹云善作使案各本所見皆非也善自作狹注云故尤而狹之傳寫并注中皆譌爲使乃不可通此即善五臣無異而當訂正者注達志也陳云志也當作亦樂見幽通賦是也各本皆誤注道德於此何校德改得陳同是也茶陵本作得袁本亦誤德注秦繆公問內史廖曰袁本茶陵本瘳作廖是也注夫差以甲兵五千人何校夫差改句踐陳同是也袁本亦誤茶陵本脫此注○贈崔温○注公宮之長何校公宮改六官陳同是也各本皆誤○荅魏子悌○注惕惕猶切切也陳云切切當作忉忉是也所引防有鵲巢二章傳文

各本皆誤○荅靈運○注高軒以臨山案高上當有開字各本皆脫注伊余志之懷慢愚袁本茶陵本之下無懷字愚下有兮字是也又茶陵本志作懷亦誤○於安城荅靈運何校城改成注同陳云城成誤是也各本皆譌嚶嚶悅同響袁本茶陵本作嚶鳴云善作嚶嚶案各本所見皆非也詳詩以嚶鳴與上華萼偶句非善獨作嚶嚶乃傳寫誤又何云五臣作嚶鳴向來不知校語但據所見故何以嚶鳴專屬之五臣耳後酬從弟惠連詩鳴嚶已悅豫五臣亦作嚶鳴疑彼各本所見善誤倒注陸機贈馮文熊詩曰案熊當作羆各本皆譌注京畿千里陳云京邦誤案所校是也正文云封畿即邦畿耳各本皆誤注跬以一足行爲袁本茶陵本無爲字是也注曹植與吳重書曰陳云吳下脫季字案非也重即季重例見前○西陵遇風獻康樂○注阿谷之隊隱也陳云隱下脫曲之汜三字見前謝惠連泛湖詩注是也各本皆脫注焉得萱草案萱當作諠觀下注可見各本皆誤○還舊園作見顏范二中書

○注陸機弔魏文帝柳賦曰何校魏下添武帝文曰庶聖靈之響像魏十一字陳同是也各本皆脫　注徐羡之等何校徐上添誅字是也各本皆脫　質弱易版纏袁本茶陵本版作板音百蠻何校改扳陳云板扳誤案所校是也注同末當有善音今脫　注衛生之經乎茶陵本無乎字是也袁本亦衍後脩去之　注司馬彪曰生茶陵本生上有衛字是也袁本亦脫○登臨海嶠初發彊中作與從弟惠連○注文章常會何校常改賞陳同是也各本皆譌　注攢聚之也茶陵本無之字陳云之字衍是也袁本亦衍○酬從弟惠連○注善養曰案養當作卷各本皆譌此讓王篇文也

卷二十六○贈王太常○注若險危大人袁本茶陵本若作以是也　注山海經曰丹穴之山有鳥焉其狀如鶴五采名曰鳳鳥案此二十一字不當有下云丹穴已見東京賦彼注所引即此文無庸複出明甚各本皆衍以此推之善注失其舊者多

矣注爾雅曰列業也案爾當作小業當作次各本皆誤又陳云列業也釋詁文不當誤引以釋列字蓋五臣本作烈故有此注後誤入李注并訛烈爲列其說非也表表茶陵所載五臣銑烈美也之注自在且引爾雅曰亦不合其例此爲善注無疑必小譌作尒乃改次爲業耳○直東宮荅鄭尚書○皇居體宸極表本茶陵本宸作環是也注何異絲桐之閒哉陳云異與誤是也各本皆譌○和謝監靈運○注汀水際也案際下當有平字各本皆脫前登臨海嶠詩注引有可證說文云汀平也⿰平丁汀或从平韻會舉要曰謂水際平地是矣不知者誤刪之興賦究辭棲表本茶陵本棲作悽陳云棲悽誤是也又二本賦作玩有校語云善作賦案詳善有玩愛也之注則善亦作玩各本所見爲誤又案此注玩愛也上引說文云興悅也考說文在女部云嬹說也依善例當引作嬹而下注嬹興異同今本恐經後人竄改致失其舊疑不能明矣○荅顏延年○注侵謂之侵案上侵字當作故各本皆誤○郡內高齋閒坐荅呂法曹○注魏武帝善哉行

曰陳云善哉當作短歌是也各本皆誤○在郡卧病呈沈尚書○籉笠聚東菑袁本籉作薹注盡同茶陵本盡作籉案考宋本謝宣城集作薹驗其集如撫机作枕風雲作煙之類與五臣每合是善籉五臣薹袁茶陵不著校語者非又善注引毛詩臺笠緇撮傳臺所以禦雨皆作籉而於其下云音臺恐亦經竄改失舊依善例當引作臺而下注籉與臺同音臺也注浮蟻在上洗洗然案洗洗當作汎汎各本皆誤○暫使下都夜發新林至京邑贈西府同僚○注荆州圖記曰當陽東有楚昭王墓袁本茶陵本無記當陽東有五字注登樓賦曰所謂西接昭丘也袁本茶陵本無西接二字又陳云曰字衍是也各本皆衍案與彼賦注可互證○詶王晉安○注周易曰袁本茶陵本曰上有子字案此尤刪之非○奉荅内兄希叔○注後至行軍參軍陳云後上脱遷字至字衍行軍二字當乙是也各本皆誤注選太子太傅功曹掾茶陵本選作遷是也袁本亦誤選寂蔑終

始斯茶陵本有校語云蘉五臣作蔑始五臣作如表本正如此用五臣也案蘉即蔑別體字耳始字義未安或各本所見善傳寫誤注無明文不可考庶子及家臣何校臣改丞陳云臣丞誤案各本皆作臣詳五臣良注家丞亦家臣也是其本作臣意取與下民陳濵爲協然庶子同是家臣而以及爲言殊乖文義恐此詩自通協丞字善並不作臣故但引家丞更無申說也各本皆以五臣亂之而失著校語注致足樂之何校之改也陳同是也各本皆誤注贈盧諶詩曰陳云諶上脫子字案非也此如公幹稱幹季重稱重之例○贈張徐州稷○注投來修岸垂陳云來當作耒是也各本皆誤注疵痛也陳云痛病誤是也各本皆譌注齊以荊州爲北徐州也陳云荊州二字衍案所校是也謂即鍾離之徐州而加北字耳各本皆衍○古意贈王中書○注漢紀曰秦遷於琅邪之皐虞案曰當作由以十一字爲一句王文憲集序其先自秦至宋注引琅邪王氏錄云其先出自周王子晉秦有王翦王離云云即所云由秦遷也漢紀漢世也集序離翦之止殺吉駿之誠感注

引漢書王吉琅邪人即所云漢遷琅邪也琅邪王氏録者何法盛晉中興書之篇目此注所引晉書未稱何家疑亦琅邪王氏録文與集序注所引本相承接各本皆誤讀者尠察今特訂正之

○贈郭桐廬出溪口見候○湍險方自茲 茶陵本險作嶮云五臣作險表本作險案表本所用五臣也此似尤亂之

○河陽縣作○連陪廁王寮 茶陵本云五臣作違表本云善作連案各本所見皆非也違去也去陪臣而廁王寮也連字不可通傳寫誤耳

注浩蕩或爲濟蕩音西 案此不可通必有譌錯各本皆同他無所見難以正之矣

注人生年不滿百 案人字不當有茶陵本無表本有人字無年字非

害盈猶矜驕 表本茶陵本猶作由是也

注毛萇詩曰 表本茶陵本無詩字是也

歸鴈映蘭時 茶陵本云五臣作詩表本云善作時陳云時當作詩見前謝叔源遊西池詩注

又此注大渚曰沚下疑脫洔與沚同四字亦見前注案陳校云當作洔是也考集韻六止云沚洔或从寺又云洔溡或从時然則必潘詩異本有作溡者或用溡改洔遂誤爲時耳非善五臣之不同也注中二沚字皆當作洔蓋毛詩

作沚訓小渚韓詩作詩訓大渚故善引韓及薛君章句以注涛不知者又誤改涛作沚致與正文歧異　大夏
緬無覿　茶陵本夏作厦有校語云五臣作夏案此即傳寫誤也善作夏注有明文袁本及尤所見皆不誤
注自今掾吏　陳云吏史誤下同是也各本皆譌　○在懷縣作○注毛詩曰
迄　茶陵本詩作萇是也袁本亦誤詩　春秋代遷逝　何云春秋另一首當提行起陳云春秋以下爲
一篇是也茶陵本不誤袁本誤不提行其以下仍相連尚未誤割四句入第一首也尤本非　注何謂寵
辱寵爲下得之若驚失之若驚　袁本茶陵本作何謂也爲下得之若驚九字案此尤
據王弼注本校添未是也　注植根生之屬也　陳云植下當有物字是也各本皆脫　卷然顧
輩洛　袁本茶陵本卷作眷云善作卷陳云據此注亦作眷爲是案所校是也此但傳寫誤各本所見皆非　注
公鉏曰敬恭朝夕　案曰字不當有各本皆衍陳云曰當作然之二字非也善引多節耳　○迎
大駕○注而蓋即同也　袁本茶陵本蓋上有帷字是也　注蘇武曰　陳云武秦誤是

也各本皆誤

○赴洛○注聽之寂寞袁本寞作漠是也茶陵本亦誤寞下寂寞各本皆同亦當作漠餘皆放此

慷慨遺安愈案愈當作悆注同各本皆誤據注引東京賦訂也五臣作念即悆字形近之譌可借爲證

注張叔與任彥堅書曰陳云叔當作升升字彥真見范史文苑傳是也各本皆誤

○赴洛道中作○注維進退準繩袁本茶陵本維進退作進退惟案此尤改惟爲維而誤倒在上也

○始作鎮軍參軍經曲阿作○眇眇孤舟遊袁本茶陵本遊作逝云善作遊案各本所見皆非也善亦作逝逝往也遊但傳寫誤非善五臣之不同袁茶陵據誤本爲校語耳

注孔子行年六十化袁本茶陵本化上有而六十三字是也

○辛丑歲七月赴假還江陵夜行塗口○注西荊州也案荊字當重各本皆脫

不爲好爵榮何校榮改縈陳同今案此依今本陶集校也詳五臣銑注作榮華解是其本作榮善注無明文未知與五臣異同以義求之似當是營應劭注漢書敘傳不營曰爵祿不能營其志引易不可營以

祿虞翻本正如此今本漢書改引易作榮又隸釋載婁壽碑不可營以祿祿新刻亦改榮是後人多知榮少知營故耳集作縈未可據其詠貧士第四首好爵吾不縈仍作縈可見縈未必非又縈之誤者也何陳失之 ○永初三年七月十六日之郡初發都 ○注何不能擄以爲大罇表本無能字是也茶陵本亦衍 注一瓠落大貌表本無一字是也茶陵本亦衍 ○過始寧墅 ○注初與郡守爲使符茶陵本使上有竹字是也表本亦脫 ○富春渚 ○注則盡諾以報之陳云盡畫誤是也各本皆譌 ○七里瀨 ○注甘州記曰下至至嚴陵瀨此十九字表本無茶陵本有案有者是也又甘字疑當作十與後新安江水詩注所引其文似相承接也餘引此書多譌州爲洲皆不知者改耳 注末世鎖才兮陳云鎖疑瑣是也各本皆譌 注後漢書曰表本茶陵本後上有范曄二字是也 ○初去郡 ○注子房之巖棲案子房當作許由各本皆誤 注班固漢書曰邴曼容表本茶陵本無班固

漢書曰五字郝下有生字案各本皆非依善例當云郝生曼容已見還舊園作無此下養志自修爲官不肯過六百石輒自免去十六字注不悞牽朱絲何校悞改悟陳同今案此疑注借悞爲悟已見阮籍咏懷詩

陸機越洛詩曰案越當作赴各本皆譌注戰明貴不如義袁本茶陵本戰下有勝字是也○初發石首城○注是曰京師陳云師當作畿因詩有出宿薄京畿句故既引伏記復云爾也案所校是也各本皆誤注善貸且善成茶陵本無且下善字是也袁本亦衍

晨裝摶魯颸案魯當作曾表本云善作魯茶陵本云五臣作曾各本所見皆非魯但傳寫誤何校改曾陳同是也注又曰莊子曰摶扶搖而上征颸已見上文案又曰下當有脫文征字衍袁本與此同誤茶陵本删又曰二字征颸已見上文六字作楚辭曰溢颸風而上征九字乃複出前在郡臥病呈沈尚書注耳○道路憶山中○注縱恣而傲誕何校全依茶陵改非案縱上當有縱誕二字各本皆脫○入彭蠡湖口○注廣雅曰何校三字改入下狖

蛙也上陳云長揚賦注可據今案此疑中間本無言乘月而遊至爲蔬芳叢之馥四句後來添入乃致舛錯失次也各本皆誤**露物秀珍怪**案露當作靈袁本茶陵本作靈云善作露案各本所見皆非也靈物與下異人偶句非善獨作露但傳寫誤○**入華子崗是麻源第三谷**○**注祿里弟子**茶陵本里下有先生二字何校添陳同案此不當添祿里即祿里先生矣袁本亦無**銅陵映碧潤**案潤當作澗袁本茶陵本作澗云善作潤案各本所見皆非也潤字不可通但傳寫誤**注桓子新論曰**陳云下脫天下神人五二曰隱淪九字見江賦注今案蓋注本云隱淪見江賦或記桓子新論於旁而誤改之如此也各本皆誤**險逕無測度**案逕當作陘注引爾雅山絕陘可證也袁茶陵二本作徑其所載五臣濟注云言山徑高險是五臣徑善陘二本以徑字亂善而不著校語尤本作逕同字耳各本又皆改去注中陘字乃誤之甚者也見下條**注山絕險**案險當作陘各本皆誤此所引釋山文郭注云連山中斷絕也**注遊將升雲煙**陳云遊逝誤是也各本皆譌**注仰羽人於丹丘**陳云仰仍誤是也各

本皆譌**恒充俄頃用**案恒當作常注引司馬彪莊子注曰常久也可證前道路憶山中詩常苦夏日短袁茶陵二本亦作恒有校語云善作常此蓋同彼各本失更著校語遂以五臣亂善而正文與注不相應矣

卷二十七○北使洛○注中軍行軍參軍袁本茶陵本無行下軍字是也

注蔡邕陳寔命碑曰陳云命字誤是也案此不當有碑在五十八卷可證各本皆衍**隱憫徒御悲**案憫當作閔此善閔五臣憫而各本亂之注中字不誤可證也上文吳州五臣作洲伊穀五臣作瀫袁茶陵二本皆以五臣亂善而失著校語尤本不誤此正相同尤獨未經校正失之**注韓詩曰周道威遲**案此有誤也遊天台山賦琴賦金谷集詩皆引韓詩周道威夷是遲當作夷秋胡詩行路正威遲善兩引毛韓而云其義同此與秋胡詩俱顏作正文遲字無疑**注**恐善既引韓而其下別有遲夷同字之注今失去也

居世亦然之陳云亦然之當作何獨然見魏志植傳注是也各本皆誤**○始安郡還都與張湘州登巴陵城樓作○河山信重復**袁本茶陵本復作複案復複同

字史記漢書復道皆讀複此蓋善復五臣　清氛霽岳陽袁本複二本失著校語尤本所見爲不誤也茶陵本氛作雰案善引說文雰字爲注其本作雰明甚恐是五臣作氛即資暇録所言若李注云某字或作某案便隨而改之者也袁誤善爲五臣尤誤五臣爲善茶陵近得之而失著校語皆非　注說文曰氛茶陵本氛作雰是也此所引气部氛下重文雰字也袁本亦作雰但盡改此節其餘氛字爲雰則誤甚　注河上有楓何校去河字陳同各本皆衍

○還都道中作○注駭㶕浪而相礧陳云㶕崩誤是也各本皆譌

○之宣城出新林浦向版橋○注起於蒼州陳云蒼當作滄是也各本皆譌　注謝靈運遊南亭詩曰賞心唯良知陳云此十三字乃下賞心於此遇注誤列於此案當在下節注引左傳下各本皆誤

○敬亭山詩○注賈誼早雲賦曰案早當作旱各本皆譌陸士衡從軍行注引正作旱此賦古文苑載之　注陸機歌曰何校歌改歎陳同各本皆譌　注王粲從軍行詩曰案行字不當有各本皆衍

○

休沐重還道中○注休謂退之名也陳云謂謁誤退字衍是也各本皆誤此即高紀注　注濮陽令陳云濮上脫去字令下脫歸字是也各本皆脫　注嵇康秀才詩曰陳云秀上脫贈字是也各本皆脫　注陸機曰日出東南隅陳云曰字衍隅下脫行字案行下當有曰字各本皆誤　注退將復修吾初何校初下添服字陳同各本皆脫○晚登三山還望京邑○灞涘望長安案灞當作霸注同上篇霸池不可別表茶陵二本作灞大較善霸五臣灞而亂之尤本彼不誤而此未經校正餘亦不悉出也　注何爲久淫滯案淫滯當作滯淫各本皆倒○京路夜發○注戒車三百兩表本茶陵本戒作戎是也　注班固燕山銘曰案燕下當有然字各本皆脫○望荊山○注淚下沾衣裳案衣裳當作裳衣各本皆誤後燕歌行注引亦然善注之例但取義同無嫌語倒說見前不知者順正文乙轉非也餘引同此不更出　更使豔歌傷茶陵本更作再表本作載云善作再案再字是也再使與一闔

偶句五臣改爲載以則解之殊失作者之意尤本作更乃誤字耳○旦發魚浦潭袁本茶陵本魚作漁是也注山正曰障袁本茶陵本山下有上字是也案此引釋山文彼無山字善添之如前卷引水正絶流曰亂水字亦添尤葢校改刪山而誤去上字○新安江水至清淺深見底貽

京邑遊好○注十洲記曰案洲當作州各本皆誤說見新亭渚別范零陵詩下寧假

濯衣巾袁本茶陵本此下有校語云善作布衣案二本所見絶不可通必非也此本所見不誤或尤延之據注及五臣校改正之注紛吾可以濯吾纓案可以濯吾纓當作既有此內美涉下節而舛錯也各本皆誤注雜子曰陳云予字誤是也各本皆譌七里瀨所引正作字所謂周成雜字者也○從

軍詩○但聞所從誰袁本茶陵本聞作問云善作聞案各本所見非也聞但傳寫誤注陸賈新論曰案論當作語各本皆誤軍人多飫饒袁本茶陵本人作中云善作人案各本所見非也人但傳寫誤注漢書曰魏郡有鄴城縣案曰字城字不當有各本皆衍所引地理

志文也 注所願志從之 案之字不當有各本皆衍今家語無又志作必 注異於是矣 茶陵本異上有人字是也袁本自左氏傳下至此并善入五臣甚誤 注使子餘 茶陵本餘下有相字是也 袁本亦脫 不能效沮溺 袁本茶陵本此上有竊慕負鼎翁願厲朽鈍姿云善無此二句何校云五臣本多二句陳同今案此恐各本所見善傳寫脫正文并注一節也下節注仲宣欲厲節而求仕蓋即指此 注莽 我君還公 袁本茶陵本還作桓是也 注眷眷懷歸 案歸當作顧各本皆誤前屢引可證 注毛萇詩序曰 陳云萇字衍是也各本皆衍 注有後令邯鄲 何校有改胥陳同各本皆誤 注搦朽摩鈍鉛刀 陳云荅賓戲搦朽摩鈍鉛刀皆能一斷鈍字絕句鉛刀屬下讀此恐脫四字案所校是也各本皆脫

○宋郊祀歌○

注嚴恭寅畏 袁本恭作龔案此所見不同茶陵本亦作恭袁本龔字決非後人所爲乃善之舊其作恭者蓋依今尚書改善引嚴龔注嚴恭寅畏注夤威其下當更有音義異同之注各本皆刪削失之以致正文與注不相應或欲改正文作寅畏以就之亦非 注賔其

邈于陳云于當作兮是也各本皆譌注明王盛德袁本茶陵本盛作愼是也注寤寐曰陳云寐字衍是也各本皆衍注陟配在京陳云陟王誤在于誤案所校是也此但涉正文誤耳注齊桓公曾不足使扶輪羽獵賦曰案公字不當有輪當作轂羽上當脫撰人姓名此非楊子雲作各本皆誤○樂府三首注五言案此古辭下不當有五言二字其三首每篇題下當有之茶陵本後二首正如此前一首又誤移於上亦非袁本俱無益非飲馬長城窟行○書上竟何如袁本茶陵本上作中是也○傷歌行○昭昭素月明袁本茶陵本月明作明月是也陳云別本作明月前月賦注後何敬祖雜詩注引皆作明月可證注抑於家案抑下當有鬱字各本皆脫此所引永傳文漢書可證○長歌行○注魏武帝燕歌行曰陳云武當作文是也各本皆誤焜黃華蘂衰袁本茶陵本蘂作葉是也下篇注引正作葉字○短歌行茶陵本此下有四言二字案有者是也袁本每題下盡無皆非注遷南頓令陳云南頓

當作頓丘案所校是也魏志武帝紀及裴注俱可證各本皆誤蓋東郡之頓丘也注皇帝時宰人
表本茶陵本皇作黃是也但爲君故沈吟至今表本茶陵本有校語云善無此二句案所見非
也此詩四句一換韻今與心協不容善獨無之蓋亦脫正文共注一節說具於前尤延之知其誤據五臣補正文故
此處有添改痕跡但疑終失注耳注月明巳見上句表本茶陵本見上作上四案各本皆有誤
也疑當作巳下否則月明衍耳○苦寒行○注然則坂在太行案則字不當有各本
皆衍凡善注之然即今人之然則前後例如此不知者誤添之○燕歌行表茶陵二本此首在善哉行之
後案蓋善五臣次序不同二本所用是五臣而失著校語耳注宋玉風賦案風當作諷各本皆譌餘
多不更出○善哉行○注寄者固也陳云固下脫歸字是也各本皆脫餘屢引可證注
又毛詩曰茶陵本無又字是也表本亦衍○箜篌引案上五言二字當在此下茶陵本亦誤倒
後三首每題下皆當有茶陵本不誤注吾能尊顯也陳云也之誤是也各本皆譌○美女

篇○注南方草物狀曰案物當作木各本皆誤此嵇含所撰注懷秀女案秀當作季各本皆譌洛神賦注引不誤注顏色盛也言美案也言二字不當有各本皆衍前神女賦秋胡詩後日出東南隅行引皆不誤可證也○白馬篇○注臣不若王子城也案也當作父各本皆誤此所引呂氏春秋勿躬篇文○名都篇袁茶陵二本此首在美女篇之後案蓋亦善五臣次序不同說見前馳馳未能半茶陵本下馳字作騁袁本亦作馳案馳行也馳馳猶行行耳騁字蓋後人改之注揩插也袁本茶陵本插作揵是也今儀禮釋文亦誤改揵為插與此正同○王明君詞○注臧榮緒晉書曰下至遂被害案此一節注非善之舊袁茶陵二本皆并善入銑曰而如此耳今無可考注魏文帝苦哉行曰陳云文當作武哉當作寒是也各本皆誤注爲復系若豔單于案復下當有株字系當作絫各本皆誤此所引匈奴列傳文也豔作鞮蓋別體字注吁嗟黙言陳云言當作黙是也各本皆誤注思寄身於鴻鸞袁本

鸞作鷰是也茶陵本亦誤鸞鷰　注高誘呂氏春秋曰陳云秋下脫注字是也各本皆脫

卷二十八○猛虎行○注侯璞箏賦曰案璞當作瑾各本皆譌侯瑾范史文苑有傳隋志云集二卷箏賦今在藝文類聚初學記皆可證餘亦屢引

○君子行○注除其毒而置衣領之中表本作數十衣中四字茶陵本幷善入五臣良注與此同案皆非也數十當作綴于尤延之不知字譌取良注以通之非也琴操亦云綴衣領可借證

注奇往視袖中殺蜂案視當作就殺當作掇正引此以注掇蜂不得作殺乃良注誤言殺琴操載一云令伯奇掇之可借爲證表本亦譌

注使者就袖中案就當作視此與上視就二字互易其處也表本亦譌

注藜羹不糝表本糝作斟是也此所引呂氏春秋任數文高誘有注可證

注食絜故饋陳云故欲誤表本亦作故今呂氏春秋作而後二字或善引不同耳表茶陵二本所載五臣良注作欲陳以之校善未必是

○從軍行○夏條集鮮藻案集當作焦表本云善作集茶陵本云五臣作焦所見皆非也集字於文義全

乖各本但傳寫誤非善如此

○豫章行○汎舟清川渚　茶陵本川作山云五臣作川袁本云善作山案此所見不同蓋尤是二本非或校改正之

注昔周公弔二叔之不咸故

封建親戚　茶陵本無弔二叔之不咸故七字袁本無弔二叔之不咸六字案善引經典有節其字句之例尤本專主增多每非是

注出是上獨西門　案獨當作留袁本亦譌茶陵本此一節并善入五臣良注全失其眞或又據之以改善斯大誤矣今不具論

○苦寒行○注山墮也　茶陵本墮作隨是也袁本亦誤墮

○君子有所思行○注難止也　案止當作正各本皆譌顏氏家訓引作整可借證也下同

注說文曰　何校文改苑陳同各本皆誤

○齊謳行○注

請更諸爽塏之地　陳云之地當作者今案當作者也引末綴以也字善每有之各本皆誤

注

恒豆之俎　案俎當作菹各本皆譌

注謂自萬中之三也　案中當作十各本皆譌

○

長安有狹邪行○注俊民用康　案此有誤也洪範有俊民用章家用平康無俊民用

康餘慶引各本亦章康互出蓋章是康非也要予同歸津表本茶陵本予作子是也○長歌行○注范曄後漢書曰表本茶陵本無此六字案無者是也善例如此引太子報桓榮書之在榮傳谷永與王譚書之在永傳初不稱范班二史也其類甚多此亦尤延之添而未是者注願乘閑而自察表本茶陵本乘作承是也○悲哉行○喈喈倉庚吟茶陵本吟作音云五臣作吟表本云善作音案二本非也上云時鳥多好音古人即不忌復韻此實非其比但傳寫誤尤所見爲是或校改正之也○吳趨行○注而齊右善謳表本右作后是也上注云齊娥齊后也此作后明甚今茶陵本亦作右皆後人誤改又案餘慶引皆作右疑孟子有二本而善兼引之如放踵致於踵兼引之例泠泠祥風過何校祥改鮮云江淹擬許徵君自序詩曲櫺激鮮颸注中引此句作鮮案所校是也茶陵本云五臣作鮮表本云善作祥各本所見皆傳寫譌即善五臣並非有異而誤著校語之例注謝丞後漢書曰案丞當作承各本皆譌○短歌行○注王逸楚辭曰案辭下當有注

字各本皆脫餘同者不悉出　注萍華 案華當作苹表本亦譌茶陵本作蓱萍上作蓱始生與今月令合或與尤袤所見自不同也　○日出東南隅行 表本茶陵本此首第十長安有狹邪行第十一前緩聲歌第十二長歌行第十三吳趨行第十四塘上行第十五悲哉行第十六短歌行第十七案此亦善五臣次序不同而失著校語　高臺多妖麗 案妖當作姣注同善引呂氏春秋公姣且麗在達鬱又王逸楚辭注姣好也在大招姣麗施只下作姣明甚表茶陵二本作妖所載五臣向注云妖美必各本以五臣亂善又盡改注中姣字作妖而幾於莫可辨識矣今特訂正之　濬房出清顏 案詳注引廣廈窔遂房是善正文作窔遂字表茶陵二本作濬所載五臣濟注云濬深恐此亦以五臣亂善　注曼好目曼澤 陳云好上曼字衍是也此引王逸語後三十三卷可證各本皆衍　高崖被華丹 案崖當作岸表本云善作崖茶陵本云五臣作岸其實各本所見皆非也崖字傳寫涉上而誤耳非善如此　注韓詩曰舞則莫兮 陳云莫纂誤案所校是也前舞賦注引不誤可證　○前緩聲歌○注馮夷大禹之御也

案禹當作丙各本皆誤此所引原道訓文高誘有注云丙或作白不得爲禹明甚後廣絶交論引作丙不誤○

塘上行○注止于巨樊陳云巨字衍是也各本皆誤○會吟行○注控

揆宮引第一表本無宮字是也茶陵本亦衍案下云其宮引本第二此不當有宮字甚明　注佇

立也陳云立當作久是也各本皆誤　注前漢書表本茶陵本無前字是也有者大誤　鷁首戲

清沚表本有校語云鷁善作蠲其注中亦是蠲字案表所見非也茶陵本皆作鷁無校語當與尤所見俱未誤

注闔閭傷馬陳云馬當作焉是也各本皆譌○東武吟○注有功卒陳云卒當作中卒是也各本皆誤何校去卒字者非此所引李廣傳文　注秦築長安城表本無安字是也茶陵本亦衍　倚杖牧雞豘茶陵本云收五臣作牧表本云善作收案二本所見非也收是傳寫誤尤蓋校改正之也○結客少年場行茶陵本此下有五言二字以後六首同是也表本全無者非　注

燕丹太子案太字不當有各本皆衍陳云燕丹子書名是也載隋志　注東爲城皐何校城改

成陳同各本皆譌○東門行○注日出東門行案日字不當有各本皆衍注有
鴻鴈從東方來案鴻當作閒各本皆誤今楚策閒有閒連文不知者改之永明十一年策秀才文同
誤注故創怯茶陵本怯作隕表本亦作怯案今楚策作隕此怯當是抎字之譌抎隕同字不知者改之
永明十一年策秀才文同誤陳云下脫也字今楚策有行子夜中飯表本有校語云善作飲案所見
非也茶陵本作飯無校語與此皆不誤凡此等必詳出以爲合并六臣本校語皆據所見而爲之之證知乎此始能
得善眞矣讀者詳之○苦熱行○注苦熱但曝霜案霜當作露各本皆譌渡瀘
寧具腓茶陵本腓作肥云五臣作腓表本云善作肥案善引毛詩注具腓又云腓音肥正文自不作肥二本
所見非也此蓋未誤或亦尤校改正之注還遂案遂當作逐還逐當謂旋被斥逐今外傳作見逐逐字是
見字恐非○白頭吟○注越于毫芒案越當作起各本皆譌○放歌行○
注郭象注曰茶陵本象下有莊子二字是也表本亦脫○升天行○勝帶宦王

城茶陵本云宦五臣作官表本云宦善作官案二本所見互異尤與茶陵同是也表本蓋非注先生隨
神士還代何校士改女是也各本皆譌注故秦氏作鳳女詞案詞當作祠各本皆
譌○鼓吹曲○注兩京賦序曰案京當作都各本皆誤○挽歌詩○
注生之高堂之上陳云生坐誤是也各本皆譌注天地生也存何校生也二字
乙轉陳同各本皆倒○挽歌詩○聽我薤露詩案薤當作韰詳表茶陵二本所載五臣銑
注乃作薤其善注中字盡作韰是善韰五臣薤各本皆以五臣亂善也尤本并改注字非見下注薤露蒿
里表本茶陵本薤作韰是也案此尤誤改觀以下此字三見仍皆作韰改而未盡明矣注是夢坐奠
於兩楹之間案奠字不當有各本皆衍注友朋自遠方來茶陵本友作有是也表本
亦誤友論語音義有或作友非可證注乘其四駱陳云乘其當作駕彼是也各本皆誤注海水
經曰何校水改東陳同今案各本皆作水水疑外字形近之譌但今山海經未見此文無以決定也注曳

珂錫茶陵本珂作阿是也袁本亦誤珂流離親友思袁本茶陵本此一首在重阜何崔嵬一首

之前案尤所見不同以文義訂之當倒在上且此句與第一首末句相承接尤非二本是也注孔子爲

明器者陳云爲上脫謂字是也各本皆脫○歌○注荆軻下至荆卿好讀書

擊劒袁本茶陵本此三十二字作荆軻者衛人也好讀書擊劒之燕十三字案二本是也此尤延之增多而誤

○歌○留置酒沛宮袁本茶陵本無酒字案二本非也五臣銑注云沛高祖之里故以置宮是

五臣本乃無酒字也善不注考史記漢書皆有酒字裴顏及諸家皆無注蓋置酒自不煩注耳五臣去酒字造此曲

說誤之甚者尤所見爲是二本失著校語讀者易惑附辨之如此○扶風歌○我欲競此

曲陳云競疑竟誤注同案所校是也袁本云善作競茶陵本云五臣作竟各本所見皆非競即竟傳寫誤非善如

此○中山王孺子妾歌○注詔賜中山靖王噲何校王下添子字陳

同袁本亦脫此所引藝文志文也茶陵本并入五臣更非注及孺子妾并陳云并冰誤是也各本皆

誤　注西都賓曰視往昔之遺館　案視當作覛各本皆譌又案此是西京賦必善誤記耳此類多不具出

卷二十九○古詩○注驅馬上東門　案馬當作車各本皆誤　各在天一涯　表本茶陵本有校語云善作一天涯案此所見不同李陵詩云各在天一隅蘇武詩云各在天一方句例相似恐一天誤倒或尤校改正之也　注飄飆謂之猋　案飄當作飆各本皆譌飆飆即扶搖字釋文可證　注然軺軻不遇也　案軻下當有而留滯王逸曰軺軻八字此所引七諫文又案上句年既巳過太半兮巳字亦當有各本皆誤脫不可讀今訂正之　注宋玉長笛賦曰　案長字不當有各本皆衍　注脈相視也　案視字不當有各本皆衍此釋詁文脈即覛釋文可證魯靈光殿賦注引脈相視也亦衍脈覛同字也　注順彼長道　案順上當有又曰二字各本皆脫　注漢書景帝曰　陳云景武誤是也各本皆誤　注白紈素出齊　案白字不當有各本皆衍前怨歌行注引無　仙人

王子喬表本茶陵本有校語云仙善作小案此所見不同小字當傳寫誤仙字爲是或尤校改正之聘睞以適意引領遥相睎表本有校語云善無此二句茶陵本有而無校語案此尤與茶陵合與表不合亦即所見不同也但依文義恐不當有四五詹兔缺案詹當作占注云然詹與占同古字通善意謂元命苞之詹與此詩之占同而古字通也其作占明甚後七命注所引正是占字各本所見善作詹皆誤用元命苞詹改正文占而注語不可通重刻茶陵又并改注占爲蟾而善之占字幾亡矣幸表尤二本注不誤得以考正又詹諸字說文及淮南子說林訓皆如此與元命苞正同五臣乃必改爲蟾字甚矣其不通乎古也注爾詞之終耳表本茶陵本耳作也案各本衍之終二字後和王主簿怨情詩故人心尚爾句注引作爾詞也可證○與蘇武詩○悢悢不得辭表本茶陵本得作能案此蓋所見不同或善與五臣之異今無以考之注若張弓弛弦也案弛當作施各本皆誤○詩○注公文伯卒茶陵本公下有父字是也表本亦脫○四愁詩○注改元嘉七年茶陵本元

嘉作永建是也表本亦誤元嘉　注魏郡豪右李竟　案右字不當有各本皆衍此所引宣帝紀文又見於霍光傳俱無右字善意取文顯之注以解豪右自在下不知者誤并添此　注文類曰　表本類作穎是也茶陵本亦誤類　屈原以美人爲君子　何校屈上添依字茶陵本云五臣有依字表本云善無依字案各本所見蓋傳寫脫耳何云五臣有依字就校語而云然　注漢書曰有太山郡　案曰字不當有各本皆衍　注漢書曰天水郡　何校漢上添續字是也各本皆脫　注說文曰佩巾也　陳云曰下脫巾字是也各本皆脫　○雜詩　○南行至吳會　表本茶陵本南作行云善作南案上句言東南行則下不得單言南行甚明各本所見皆傳寫誤也非善如此　○朔風詩　○素雪雲飛　表本茶陵本雲作云云善作雲案各本所見皆傳寫誤素雪與朱華偶句云飛與未希偶句假令作雲殊乖文義非善如此也　注范曄後漢書　表本茶陵本無此五字案無者是也善有其例說已見前　注毛詩曰載離寒暑　案當作寒暑暑已見鸚鵡賦表本正如此但誤在上節注末而此仍複

出則非茶陵本誤與此同○雜詩○注此六篇下至在郢城思鄉而作案此三十字於善注例不類必亦并善於五臣而如此其中兼多譌錯各本盡同無可校正何校郢改鄄陳同天路安可窮表本茶陵本有校語云可善作何案二本所見非也何但傳寫誤注武毅發沈憂案憂下當有結字各本皆脫此以三句爲一句注生南國何校下添兮南國三字案依善例當添王逸曰南國五字各本皆脫注音響何太悲案何太當作一何各本皆誤○雜詩○注虛無形案虛下當有而字各本皆脫遊天台山賦注引有○雜詩○注日昏東壁中表本無日字是也茶陵本亦衍○園葵詩○注救之免表本茶陵本免下有死字是也○思友人詩○心與迴飈俱茶陵本飈作飄云五臣作飈表本云善作飄案飄字於義未當恐二本所見傳寫誤或尤校改正之也○感舊詩○注此篇感故舊相輕人情逐勢案此十一字不當有乃五臣注也表本茶陵本所載此上之善曰善字誤耳尤延之取以添入非

注鳥皆集於苑案鳥當作人各本皆誤　郡士所背馳案郡當作羣茶陵本云五臣作羣表本云善作郡各本所見皆傳寫誤何云當從五臣作羣陳同皆就校語而云然其實善亦作羣　○雜詩○注古長歌行曰案長當作傷見第二十七卷各本皆誤　○雜詩○注於是乎知有天道可必乎陳云當重天道二字是也各本皆脫　注价人爲藩表本爲作維茶陵本作惟案維字是也　羊質復虎文表本茶陵本復作服是也　○雜詩○注沖于時下至故作此詩案此二十字於例不類非善之舊必亦并五臣也今無以考之　○雜詩○迴飈扇綠竹案飈當作猋茶陵本云五臣作飈表本云善作猋尤誤以五臣亂善也猋飈同字鮑明遠放歌行注云爾雅或爲此猋飈與猋同古字通也古詩十九首注云爾雅或爲此飈園葵詩歲暮商猋飛與此善皆不更注因前已詳也五臣一槩盡改猋爲飈非餘倣此求之　注名赤縣中州也陳云中神誤是也各本皆誤　注無爲無治表本下無字作而是也茶陵本亦誤無　注如常陰曀

然案噎字當重各本皆脫歐駱從祝髮案歐當作甌茶陵本云五臣作甌袁本云善作歐詳二本注中皆爲甌字是善亦作甌各本所見正文歐乃傳寫誤考史記東越列傳作甌漢書同不得作歐也注鄭元毛詩曰茶陵本詩下有箋字是也何校添陳同袁本亦脫注及王遵爲刺史陳云注中遵並當作尊案此依漢書校各本皆作遵漢高祖功臣頌注引王遵贊似善不與顏同也入聞鞞鼓聲袁本茶陵本有校語云聞善作閒案閒字爲傳寫譌自不待言此必尤校改正之捨我衡門依袁本茶陵本依作衣云善作依何校云當從五臣作衣案五臣之作衣其所注有明文而此字善不注仍無以考之但依字於義未當恐各本所見亦傳寫譌耳注潦注吾宮也今案今當作利各本皆譌此所引在呂氏春秋召類篇有渰與南岑陳云據注渰與弇同則詩中渰字當作弇兼有三十一卷江文通擬張黃門詩弇注參證案所校是也弇字見釋文又韓詩作弇見外傳王伯厚詩考中采之雜體詩袁茶陵二本校語云五臣作渰彼良注及此向注皆是渰字必五臣因渰與弇同之語改此爲渰後來以之亂善遂失著校語也注

月口經于箕表本茶陵本無空格此初有衍字而去之注楚芻牧茶陵本楚作禁是也表本
亦誤楚注練絲曰纑也表本茶陵本絲作麻是也
卷三十○時興○注莊子曰萬物並作表本茶陵本莊作老是也注子
曰以虛靜案子當作又各本皆誤注莫而清乎茶陵本莫作漠是也表本亦誤莫此引知
北遊文注泊無也案無下當有爲字各本皆脫子虛賦注引怕無爲也可證又案怕說文在心部或此
及上引廣雅皆本是怕字○七月七日夜詠牛女○注徒頬切表本茶陵本無
此三字案二本非也此亦善音刪削僅存者凡尤有二本無皆倣此注牛女爲夫婦表本作牽牛爲
婦案當是爲下脫夫織女爲四字洛神賦燕歌行注引可證此所改非茶陵本誤與尤同注彌盡也案盡
當作益此所引士冠注也各本皆譌○南樓中望所遲客○佳人猶未適茶陵
本猶作殊有校語云五臣作猶表本作猶案表用五臣也尤以亂善非○齋中讀書○注我

教暇豫之事君幸之茶陵本教下有兹字無幸之二字是也袁本亦誤脫衍○石門新營所住四面高山迴溪石瀨脩竹茂林詩○注滑美貌也何校滑改醑陳同各本皆譌案此疑作湑善仍有滑醑異同之注而未全也肙胥之别體字庶持乘日車茶陵本持作特云五臣作持袁本云善作特又袁本茶陵本車作用案此句當云庶持乘日用袁茶陵二本所見持傳寫誤特尤校改是矣其用字不誤尤改爲車則非也乘日二字連文乘日用者乘日之用靈運所作擬王粲詩云豈顧乘日養句例正同亦言乘日之養也善注云乘日已見上又此注云車或爲居者乃說所引之莊子非謝詩有車字莊子釋文云元嘉本作居最爲明證尤延之失考遽改正文大失謝及善意又案五臣向注讀日用連文其義雖謬而文非譌二本皆不云與善有異可知所見未改亦可借證矣○雜詩○注劉渠曰何校渠改熙陳同是也各本皆譌案餘屢引可證注日暮不從野雀棲案日字不當有各本皆衍○數詩○注行幸甘泉賦曰案甘泉當重各本皆脫注戾舊邦

也陳云戾上當有言字各本皆脫注張衡舞賦曰歷七盤而屣躡案此十一字誤衍下云七盤已見陸機羅敷歌茶陵本複出之如此尤袤兩有者非注國語曰鄭伯納女樂二八案此十字誤衍下云歌鍾已見魏都賦茶陵本複出之如此尤袤兩有者非注善見理不拔袤本茶陵本拔作建是也○翫月城西門解中○注故曰歸本案本當爲華各本皆誤金壺啓夕淪袤本云善作臺茶陵本作臺云五臣作壺案二本所見非也尤依注校改正之矣○始出尚書省○注繼文王之體袤本茶陵本繼上有是子也三字無王字案當補王字耳是子也尤誤刪注譙爲茶苦案爲當作謂各本皆誤注曹顏遠感時詩曰陳云時當作舊各本皆誤○觀朝雨○注有蛾氏何校蛾改娀是也各本皆譌○郡內登望○注自飲食也案飲當作飢各本皆譌○和伏武昌登孫權故城○注漢儀禮志曰案儀禮當作禮儀各本皆倒此所引司馬彪志文漢

上疑尚脫續字　**注戰敗相殺**　何校敗改攻是也各本皆譌　**俯仰流英盼**　案盼當作眄表本作眄云善作盼茶陵本云五臣作眄各本所見皆非也善引好色賦注流眄其本不作盼明甚傳寫正文及注皆誤校語遂謂善五臣之異而讀者莫察矣眄即眄別體凡此字多譌爲盼　**注竊視盼**　案視下脫流字盼當作眄見上各本皆誤賦在第十九卷也　**注視定北準極**　陳云視上脫南字是也各本皆脫　**幸**

籍芳音多　表本籍作藉是也茶陵本亦誤籍　**注常與汝入往**　陳云女下脫出字往下脫來字是也各本皆誤　**○和王著作八公山○注謂山在澤東是也**　案此七字不可通蓋後來駁善注之語而誤錯入耳各本皆衍否則當作非謂山在澤東也而誤　**日隱澗凝空**　案凝當作疑宋本謝集正作疑此疑空與如複偶句各本作凝但傳寫誤耳表茶陵二本所載五臣翰注云澗暗如空也詳其意亦不作凝凡諸家集中異同非可畫一故每不稱說此條不同其例所謂言各有當者矣　**注**

高丈長曰堵　茶陵本長下有丈字是也表本亦脫　**注時盜賊強盛**　陳云盜氏誤案所校

最是氏苻秦也不知者改之各本皆作盜其誤久矣 ○注羣謝錄 何校羣改陳郡二字陳同是也各本皆誤述祖德詩注引可證 ○和徐都曹 ○注昧旦出新渚 案新下當有亭字各本皆脫謝集有 注言用我之利 陳云利下脫耜字是也各本皆脫 ○和王主簿怨情 ○注上山採蘪蕪 案蘪當作麋正文麋袁茶陵二本校語皆云善作麋可見注中自是麋字也尤袁注作蘪乃涉五臣而誤茶陵注并入五臣更不可別蘪麋同字耳凡善五臣有異雖同字亦必較然不可混其例有如此 故人心不見 案人心當作心人袁本茶陵本作心人云善作人心各本所見皆非也上句故人心尚爾承生平一顧重言之謂辭寵之未嘗易操也此句故心人不見承宿昔千金賤言之謂相逢之遽已貶價也此情之所爲怨也傳寫下句涉上倒兩字絕不可通非善如此五臣之注其義甚謬而文未誤可借爲證謝集故心人不見注云一作故人心不見取六臣合并本文選而云然耳 ○和謝宣城 ○揆余發皇鑒 何校鑒改覽注同案所校是也離騷善作覽五臣作鑒袁茶陵二本有明文此善引彼爲注作覽甚明蓋亦五

臣作鑒自與其離騷同各本以亂善又并改注非也西征賦皇鑒及注同此　注漢書典職曰　何校書改官陳同是也各本皆譌　注香草名也　表本茶陵本無名字是也　注昔魂神所交也　表本無昔魂二字案無者是也所引周穆王文五臣向注乃有此二字尤延之誤取耳茶陵本注并入五臣更不可別　○應王中丞思遠詠月○綢軒映珠綴　茶陵本有校語云善作朱表本無校語案二本非也善作珠故云此當爲朱綴今並爲珠五臣因此改爲朱故云以綢及朱綴而飾之茶陵本大例當作珠而云五臣作朱表本大例當作朱而云善作珠今皆錯誤唯尤本爲是又案五臣注中字表本作朱不誤重刻茶陵者并改成珠幾莫可辨矣此更誤中之誤也　注楚闉局　案楚當作禁各本皆譌所引外戚傳文　注玉陛苔　案陛當作階各本皆譌所引外戚傳文　○冬節後至丞相第詣世子車中○注說文曰高車　案說文當作釋名各本皆誤所引在其釋車篇中也　○詠湖中鴈○注鴈飛則乃成行　表本茶陵本無乃字是也　○擬古詩○

靡靡江離草　茶陵本校語云五臣作離表本校語云善作離案尤所見與表同考史記漢書子虛賦離字皆不從艸楚辭章句及補注亦然必善離五臣蘺也前第七卷及後卅二卷諸蘺字疑各本以五臣亂善矣○

擬四愁詩○注皆名琴也　表本茶陵本琴作器是也○

擬魏太子鄴中集詩○漢武帝　陳云帝下脫時字今案所說非也表本云善無時字茶陵本云五臣有時此非善傳寫脫句例自不與上同無煩依五臣添

注却爲一集　何校却改都陳同是也各本皆譌

注王仲宣從軍詩曰　案戎字不當有各本皆衍

注楊覺寐而中驚　茶陵本楊作揚表本亦作楊案皆非也當作惕長門賦惕寤覺而無是兮句略相似可借爲證

外物始難畢　案畢當作必善引莊子外物不可必爲注作必明甚其五臣向注云不畢所願是五臣乃作畢各本以亂善而失著校語

棲集建薄質　何校云吕周翰注中有延及之語則建者逮字之譌耳案此疑善建五臣逮而失著校語但善既不注無以考之

永夜繫白日　何校云以注觀之繫當爲繼案茶陵本云五臣作繼表本云善作繫蓋各

本皆傳寫譌否則善當有繫繼也之注而刪削不全注王逸晉書陳云逸隱誤是也各本皆誤注公還軍官渡案渡當作度下同各本皆譌說詳後九錫文下注此乘大艦上何校此上添於字是也各本皆脫注延露巳見上表本此下有說文曰闌閑也六字茶陵本無蓋并入五臣注而脫之有優渥之言表本茶陵本有上有故字案此所見不同今無以考之鳴葭汎蘭氾表本茶陵本葭作⿱竹叚案二本非也善引鳴笳爲注是葭即笳之假借字或末後尚有葭笳異同之注今刪削不全五臣乃作⿱竹叚葭向注⿱竹叚葭笛也別造此解而改字從竹最不足憑二本以亂善非又案西京賦校鳴葭王元長曲水詩序揚葭振木荅蘇武書注說文作葭可以彼此互證

文選考異卷第五

文選考異卷第六

賜進士出身通奉大夫江南蘇松常鎭太等處承宣布政使司布政使胡克家撰

卷三十一○効曹子建樂府白馬篇○注孫巖宋書曰何校孫巖改沈約陳同案濟注引沈約茶陵本幷善入五臣何陳皆據彼改其實非也隋志載孫嚴宋書六十五卷唐志亦載之巖卽嚴也袁本與此正同○効古○注毛詩傳曰案毛下當有萇字各本皆脫○擬古○注魏文秋胡行曰案文下當有帝字各本皆脫○和琅邪王依古○注往往離宮袁本茶陵本往往作遙遙案當作遥遥形近之誤尤改未是注郭象注莊子曰袁本茶陵本注字在子字下是也○擬古○注所以藏箭謂之服所以盛弓謂之鞬袁本茶陵本箭下有弩字弓上無所以盛三字案二本是也今方言正如此弓謂之鞬蒙上所以藏爲文注其樂可量也茶陵本可上有不字是也袁本亦脫道德

亦何懼袁本茶陵本德作得云善作德案各本所見皆非也善引不以其道得之爲注作得甚明德但傳寫誤　伐木青江湄袁本茶陵本青作清是也　注河水之清且漣漪兮茶陵本無之字兮字是也袁本亦衍　○代君子有所思○注變出無聞案聞當作閒各本皆譌　注張叔及論案叔及當作升反各本皆譌張升字彥眞范蔚宗書有傳在文苑前魏都賦後與山巨源絕交書注皆引反論不誤可證也左傳疏所引賓爵下革云云今本或作皮皆反之譌　○効古○

注或失道陳云或惑誤是也各本皆譌　注乃我者自失道案者字不當有今漢書無各本皆衍　○雜體詩○注雜體詩序曰袁本茶陵本有幷序二字在前雜體詩三十首下無此五字其以下全載序作正文乃五臣從文通集取之添入耳袁本有校語云善序與此同仍簡略更不錄可爲顯證茶陵本不著校語大誤尤所見得善注之眞最是　注虞義送別詩曰陳云義當作羲是也　注淵魚鱗魚也袁本茶陵本鱗作鱣是也　注人心罔結袁本茶陵本罔作同

案皆非也當作固注君之澤未流茶陵本未作不下二字是也袁本亦誤未去鄉三十載袁本茶陵本三作二有校語云善作三案各本所見非也考仲宣以初平西遷後之荊州至建安十三年劉琮以荊州降垂二十年故云爾至注所引去鄉三十載但取語意相同爲證不限二三互異也或因此改正文作三遂與仲宣去鄉年數弗符非善如此其五臣無說反存詩舊今借以正之注蜩與鷽鳩笑之茶陵本鷽作鸒下同袁本作鷽與此同案作鸒者是也莊子有兩本一作鷽音於角反一作鸒音預俱見釋文此引作鸒之本爲注不知者以鷽改之又案下注引詠懷詩鸒斯飛桑榆海鳥運天池云云是嗣宗讀莊子從鸒文通擬之亦然無疑矣潘黃門悼亡袁本茶陵本悼亡作述哀案二本是也後擬郭璞遊仙注云巳見擬潘黃門述哀詩可證此蓋尤誤改注楚詩曰青春爰謝何校詩改詞陳同是也爰當作受各本皆譌

馳馬遵淮泗袁本馳作驅云善作馳茶陵本云五臣作驅案各本所見皆非也善引驅馬悠悠爲注馳但傳寫誤注實河海源也袁本茶陵本河作唯何校唯改河去海字案此尤改海爲河而誤當唯字

處耳唯河當兩有 注曹子建求通親表曰 表本茶陵本通作親案此尤添通字而誤改去上親字耳當兩有作求通親親 注陽九日 案九下當有厄字日當作曰各本皆脫誤 注易傳所謂陽九日厄會也 表本茶陵本日作之是也會上當有百六之三字所引即孟康注各本皆脫

時或茍有會 表本茶陵本或作哉是也 注馮衍顯志序曰 案志下當有賦字各本皆脫 注如鼓琴瑟 茶陵本琴瑟作瑟琴是也表本亦誤順正文案善注例不拘語倒已詳前 注出於暘谷 案暘當作湯各本皆譌餘屢引可證

張廷尉 案張當作孫茶陵本有校語云張五臣作孫表本亦作張無校語考此三十首善於其人之不見選中者必爲之注如許徵君休上人是也其劉琨郭璞稱贈官亦必爲之注善例精密乃爾倘果別有張廷尉綽不當反不注可見善自作孫因遊天台山賦下注其尋轉廷尉卿訖故不須注也表本所用正文係五臣而字作張疑五臣乃誤爲張茶陵本校語恐倒錯何校云五臣作孫是陳同誤認茶陵校語爲善眞作張五臣眞作孫雖知江題之作孫而未得善理也 注於身無窮 陳云於終誤是

也各本皆譌所引天下篇文　注若其可折　案折當作析析下同各本皆譌　注角里先生　表本角作甪案角是甪非也廣韻一屋云角里先生漢書四皓又音覺可見宋時尚別無甪字表本係後改耳茶陵本不誤與此同前入華子崗詩注載山居圖作祿史記索隱引孔安國秘記亦作祿祿角古字通今漢書索隱以及法言等每爲人改成甪而王震澤刻史記未譌隸釋四皓神祚机字影宋本作角極其明晝近亦改甪恐讀者習見誤本附訂之如此　注見一丈夫　何校夫改人是也各本皆譌所引天地篇文　注時人皆欽愛之　表本茶陵本人下有士字是也　注動於靜故萬物離並動作　何校於上添起字離改雖陳同是也各本皆脫誤　碧鄣長周流　茶陵本鄣作障表本云善作障案此所見不同靈運晚出西射堂詩作鄣注引上正鄣丘希範旦發漁浦潭詩作障注同此擬謝似宜爲鄣也五臣改作嶂蓋不知鄣障皆與爾雅釋山之章通用　注子虛賦曰石則赤玉玫瑰　表本茶陵本作上林賦曰赤玉玫瑰也案此尤延之檢本篇而改其實善誤記亦每有之　注莫與智者論　案莫當作異各本皆

誤

重陽集清氣　表本茶陵本氣作氛云善作氣案詳下云氣生川岳陰文必相避葢善自作氛與五臣非有異但傳寫譌氣各本所見皆非

測恩躋踰逸　表本踰作愉云善作踰茶陵本云五臣作愉案善以耽樂注之是自作愉非與五臣有異但傳寫譌踰各本所見皆非陳云踰愉誤得之

縈重餽兼金　茶陵本云五臣作承縈重兼金表本云善作縈重餽兼金案各本所見皆非也承縈與巡華儷兼金與盈瑱儷重過同意善不容與五臣有異作縈重餽兼金全非句例必傳寫誤也

注獻康樂詩曰　案獻上當有謝惠連三字各本皆脫

岧亭南樓期　案岧當作苕苕亭即西京賦所謂狀亭亭以苕苕彼注云高貌也葢單言之則曰苕亭重言之則曰苕苕亭亭字義全同不煩更注又苕苕屢見俱不作岧但傳寫形近譌耳表本茶陵本皆作苕云善作岧五臣於重言者多改爲迢迢而此以單言不改正與善同各本所見皆非

注又詩序曰　表本茶陵本無詩字是也

注孔安國尚書曰　案書下當有傳字各本皆脫

注又訓謝惠連詩曰　表本茶陵本無謝字是也

鍊藥矚虛幌　案鍊當作練注云鍊與練古字通謂

詩之練與所引説文金部之鍊通也若正文先已作鍊無煩此注矣必五臣改爲鍊各本所見亂之而失著校語凡五臣每以注改正文也又四子講德論精練藏於鑛朴五臣作鍊正與此同 **注又集略曰** 案又當作文字二字各本皆誤隋志云文字集略六卷梁文貞處士阮孝緒撰七命注亦引此正作文字可證 **注以帛**

萌窗也 陳云萌明誤是也各本皆誤案七命注引作明可證 **注敬恭明祀** 案祀當作神各本皆誤

吪謡響玉律 案吪當作萌茶陵本作萌云五臣作吪袁本云善作萌尤本以五臣亂善失之説已見前長楊賦遐萌下可互證也 **注觀北湖田牧詩曰** 何校牧改收陳同是也各本皆譌 **徙**

樂逗江陰 茶陵本云樂五臣作藥袁本作藥云善作樂案各本所見皆非也下有丹泉術紫芳心之云此言藥無疑袁本載五臣翰注云徙藥行藥也又載善注徙樂行樂也茶陵但載善從樂行樂也五臣刪此一句當是正文善自作藥與五臣不異其五臣之注爲全襲善語傳寫誤善正文及注作樂據之作校語者不辨尤亦同其誤也鮑明遠有行藥至城東橋詩在二十二卷 **注廣雅曰藹藹盛貌** 袁本茶陵本無此七字

注郭璞曰蒼蒼案蒼蒼二字不當有各本皆衍休上人別怨表本茶陵本別怨作怨別是也悵望陽雲臺陳云陽雲二字當乙今案陳所說非也注引楚王乃登雲陽之臺善例既不拘語倒難以據改又子虛賦茶陵本作雲陽有校語云五臣作陽雲表本作陽雲無校語考史記漢書皆作陽雲恐茶陵及尤所見未必非傳寫誤此注亦然其不當輒改決然矣

卷三十二○離騷經○注辟爲幽也案爲字不當有各本皆衍楚辭注無紐秋蘭以爲佩表本云逸作紐茶陵本云五臣作紉下豈惟紐夫蕙茝校語同案各本所見皆非也此紐楚辭作紉下載舊音女陳反洪興祖補注女鄰切又下文矯菌桂以紉蕙兮各本盡作紉蓋紐但傳寫譌耳凡楚辭及善引逸注不必全同而文選今本傳寫之誤或失文義乃當相正下倣此注言己脩身清潔案潔當作絜各本皆誤注多作絜必逸自用絜後改之而絜潔錯出非餘不更出何不改此度也表本茶陵本改下有其字案表用五臣也校語云逸作何不改此度也與尤正同茶陵本以五臣亂之非楚辭何天

改乎此度也洪興祖本何不改此度當各依其舊讀者易惑故詳出之　注以偝用天地之道何校偝改循陳同楚辭注作循案上云遵循也循字是也循偝二字羣書多混前人論之詳矣　注諭傾危也陳云諭喻誤又風爲號令以諭君命行媒諭左右之臣也同案喻諭通用或逸自用諭下以諭國也以諭君也故以香爲諭故以諭君表本皆作諭茶陵本皆作喻楚辭注亦喻諭錯出　注言吞陰陽之精蘂案洪興祖本楚辭注無言字陰陽作正陰是也各本及單行楚辭注皆誤　注哀念萬民表本茶陵本民作人下注終不見省察萬民善惡之心又觀萬民之中又足以觀察萬民忠佞之謀同案人字是也正文人亦善避諱改字不得注作民　衆女嫉余之娥眉兮表本茶陵本娥作蛾注同案楚辭作蛾　悔相道之不察兮表本云逸無兮字茶陵本云五臣有兮字案二本非也校語言逸本猶其言善本皆但據所見楚辭有兮字此尤延之校改正之　注言及旋我之車案及當依楚辭注作乃各本皆譌　注反迷己誤欲去之路案反迷己當依楚辭注作及己迷各本皆誤　注外有玉

澤之質袁本茶陵本外作内案此尤本誤字注使家臣衆逢蒙案當依楚辭注去衆字各本皆衍注殷宗遂絶不得久長也袁本茶陵本無絶字案楚辭注有脩繩墨

而不陂袁本茶陵本陂作頗注同案此尤延之改也楚辭正作頗洪興祖云頗一作陂爲尤所據謂引易曰無平不頗其字宜作陂耳詳逸引羣經不必與今同改者未是脩當作循袁本云逸作脩茶陵本云五臣作循詳逸注循用先聖法度各本皆同是逸作循不作脩校語所見實傳寫譌也單行楚辭注亦譌洪興祖本作循云循一作脩注有道德之者何校之改人陳同茶陵本作人袁本作之楚辭注無此字案疑無者是也注

衣皆謂之襟案皆當依楚辭注作皆各本皆誤文出爾雅釋器考釋文皆才細反又子移反不得作皆詩鄭風正義引作皆其誤正與此同注言己覩禹湯文王脩德以興天案當依楚辭注己下添上字與下去天字各本皆誤注情合眞人袁本茶陵本情作精案此尤本誤字注淹

塵埃而上征袁本茶陵本淹作掩案上溘猶奄也各本皆同疑此亦作奄與楚辭注皆作掩者不同

注神山淮南子曰縣圃在崑崙閶闔之中袁本茶陵本作神山也在崑崙之上淮南言崑崙縣圃案二本是也尤延之所校改非楚辭注可證南下彼有子字非注乃維上天袁本茶陵本作雖乃通天案今楚辭注作維絶通天洪興祖本作維絶乃通天補注云一無絶字一本乃作絶尤延之據淮南天文訓云乃維上天以校改不知逸所引不必與今同也路曼曼其脩遠兮袁本茶陵本曼曼作漫漫注同案楚辭作曼洪興祖云釋文曼作漫云云此蓋善曼五臣漫二本所見以五臣亂善而失著校語注淮南子言日出暘谷案暘當作湯各本皆譌楚辭注作湯此天文訓文史記索隱引之以明湯谷之有證淮南不作暘也天問云出自湯谷以楚辭亦不作暘也吳都賦包湯谷之滂沛歎逝賦望湯谷以企予文選亦不作暘也唯五臣不知有湯谷凡遇此字必用古文堯典改爲暘袁茶陵二本校語可考善注中湯字亦閒爲所亂猶今本淮南之爲後人改作暘矣又袁本茶陵本無子字是也楚辭注有與此同衍注皆出仁義袁本茶陵本仁義作於仁案二本是也楚辭注作於仁義亦衍義字注淮南曰弱水袁本

茶陵本曰作言案二本是也以此例之上注淮南子曰白水云云子曰二字亦當作言各本皆誤楚辭注二處皆作子言亦衍子字注湑盤水名也袁本茶陵本盤作槃是也案此因正文五臣作盤誤混善注楚辭作盤洪興祖曰盤一作槃注來去相弃案當依楚辭注來下有違字各本皆脫洪興祖本作來復弃去殊誤注偃蹇高意袁本茶陵本意作皃案此尤本誤字注鴆惡鳥也明有毒殺人案惡鳥當依楚辭注作運日此因五臣向注作惡鳥不知者誤混善注又明當依楚辭注作羽亦不知者因形近誤之各本誤皆同注受禮遺將案將下當依楚辭注有行字各本皆脫注少康留止有虞案少上當依楚辭注有幸若二字各本皆脫注是不欲遠去貌案貌當依楚辭注作意各本皆誤注懷襄二世不明袁本茶陵本世作葉案二本是也此亦善避諱改字注糈精美袁本茶陵本美作米案此尤本誤字注紛然近我茶陵本近作迎是也袁本亦誤近案楚辭注作迎注知己之意袁本茶陵本意作志案此尤本誤字注告我當去尤吉善

也何校改尤作就陳云楚辭注作就爲是各本皆譌注力能調和陰陽陳云力乃誤是也楚辭注作乃各本皆譌注言臣能中心常好善表本茶陵本臣作誠案此尤本誤字注寗戚方飲牛茶陵本飲作飯是也表本亦誤飲案楚辭注作飯注鶡弟鳺桂表本茶陵本無此四字有弟桂二字音在正文下案二本乃五臣音也詳此篇注中諸音切蓋善既載王注兼載舊音今本改易刪削多失其眞無以正之此四字或善所有恐當如筵音廷篿音專之例單行楚辭鶡作鶗下載舊音云鶗題音鳺決音文既互異難以爲證矣又況揭車與江蘺案蘺當作離上扈江離無卄似不當歧異也楚辭二字皆作離洪興祖補注云文選離作蘺謂五臣也表茶陵二本正如此但皆不著校語蓋非注此誠可貴茲表本茶陵本茲作重是也案此尤本誤字注言我願及年德方盛壯之時周流四方觀君臣之賢欲往就之表本茶陵本無此二十四字案此尤延之據楚辭注添之詳文義當是二本脫也揚雲霓之晻藹兮茶陵本揚下有志字校語云五臣無表本

校語云逸有案二本非也楚辭無此尤延之校改正之洪興祖云一本揚下有志字即指袁茶陵校語所見而言實誤本也

注平聲 袁本茶陵本無聲字案此疑是五臣音單行楚辭亦不載凡音之在正文下者均非善舊蓋合併六家每因正文下已有五臣刪削注中之善而善與五臣始糾錯不分逮後單行善本又於正文下音多所刪削於是或眞善音以改易其處而被去或非善音而刪削不及則仍存均難以一一考之矣全書袁茶陵音與尤每不同者此其大概也爲之舉例不更悉論云

○九歌○

注必擇吉辰之日 何校辰改良案楚辭注作良何據之是也各本皆譌

注兼衣言青黃五采之色 案當依楚辭注去言字各本皆衍

望夫君兮歸來 袁本歸作未云逸作歸茶陵本云五臣作未案各本所見皆非也詳逸注言已瞻望於君而未肯來是逸作未不作歸但傳寫誤耳楚辭作未洪興祖云未一作歸亦非

注屈原思神略垂 案垂當依楚辭注作畢讀於畢字句絶各本皆誤少司命悲莫悲兮句注亦有此語可證

承荃橈兮蘭旌 案承衍字也楚辭無洪興祖補注云諸本或云乘荃橈橈乘一作承或云采皆後人增其說

是也因逸注有乘舟船之語誤添正文耳後又作承即此本又作采采即五臣本也袁本云逸作承茶陵本云五臣作采據所見爲校語非

鳥萃兮蘋中 何校萃上添何字陳同案楚辭有何字又洪興祖云一本萃上有何字何陳據之也袁茶陵本皆無洪興祖本楚辭亦無此仍當各依其舊不必添也

慌忽兮遠望 案慌當作荒詳逸注云言神鬼荒忽各本皆作荒是善作荒也袁茶陵二本正文作慌所載五臣向注字同是五臣作慌也單行楚辭作慌惚下載舊校一作荒忽洪興祖本作荒忽云荒一作慌忽一作惚荒慌同字但既善荒五臣慌便屬分別不因同字而可相亂也凡善五臣之所謂異皆準此例矣

注擗折也 茶陵本折作析是也袁本亦誤折下同

疏石蘭以爲芳 何校以改兮案楚辭以作兮何據之也袁本兮以兩有云逸無兮茶陵本云五臣有兮據所見爲校語也洪興祖云一本兮下有以字即五臣本一云疏石蘭以爲芳即此本

卷三十三○九歌○與汝遊兮九河衝飆起兮水揚波 何校云洪興祖謂此二句河伯章中語王逸無注古本無此二句陳同案其説是也詳五臣濟有解九河衝飆之注是其

本有此二句各本所見皆以五臣亂善而誤衍又失著校語也楚辭亦衍或即五臣之所本要以古本無爲是

注睇微盼也 茶陵本盼作眄袁本作盼案楚辭作眄眄字是也下美目盼然各本及楚辭皆作盼非洪興祖引說文南楚謂眄曰睇眄眠見切可證逸以眄注睇二字俱當作眄與詩美目盼兮無涉洪於下又引詩者所見已誤下眄爲盼耳七啓睇眄流光注引此亦其證

注猨號狖呴 案號狖當依楚辭注作狖號袁茶陵二本作猴號考楚辭狖夜鳴洪興祖本狖作又云又一作狖然則作狖之本此注則云猨狖號呴作又之本此注則云猨猴號呴也下注猨狖善鳴亦當然袁本正文作又茶陵本正文作狖蓋善狖五臣又而不同二本失著校語此及下俱作猴非

○九章○旦余濟兮江湘 案兮當作乎此尤本誤字袁本茶陵本楚辭皆可證

注言明旦之者 案當依楚辭注去之字各本皆衍

邸余車兮方林 袁本茶陵本邸作低案楚辭作低洪興祖本作邸云邸一作低補注以爲低無舍義非也廣雅釋詁四宿次低䟽舍也洪失之未考袁茶陵二本無校語善引逸是低字五臣亦同尤延之乃改邸耳

注捨於方林 案捨當依楚辭注作

舍各本皆誤　茍余心其端直兮表本云逸無心字茶陵本五臣有心字案楚辭有心字二本所見蓋傳寫脫此亦初無而尤脩改添之　注自刑體案體上當依楚辭添身字各本皆脫　○卜居

○以潔楹乎表本茶陵本潔作絜是也案單行楚辭正作絜洪興祖本作潔非　若水中之

鳧乎何校去乎字案洪興祖云一無乎字何據之是也各本皆衍　○漁父○聖人不凝

滯於物茶陵本於下有萬字云五臣無袁本云逸有案楚辭無洪興祖云一本物上有萬字此亦初有而尤

脩改去之何陳皆云衍是也史記亦無　注笑難斷也表本茶陵本難斷作離斷案此尤本誤字　○

九辯○注視江河也案江河當作河江各本皆倒此以江與上傷方下鄉爲韻楚辭注亦倒凡

此篇逸注用韻其誤有可以所協推知者例如此　注還故鄉案鄉下當依楚辭注添也字各本皆脫

注歎息也案歎下當依楚辭注添累字各本皆脫　注身困窮也案窮當依楚辭注作極各

本皆誤　注意未明也案明當依楚辭注作服各本皆誤　注奮翼呼案呼上當依楚辭注

添鳴字各本皆脫　注迴逝言還　袁本茶陵本還作邁案此尤本誤字　注爾雅曰四時
和爲通正　袁本茶陵本無此九字案無者是也楚辭注正無尤校添甚非　收恢炱之孟夏
兮　袁本茶陵本炱作台案台字是也善注舞賦恢炱引此作台而云炱與台古字通可見善自作台甚明尤延之校改作炱非是楚辭作炲洪興祖本作台云台一作炲一作炱雖自有據然不容以之改善也　注以養民
案民下當依楚辭注添也字各本皆脫　注以茂美樹　案美下當依楚辭注添之字各本皆脫　注
竄巖藪也　案藪當依楚辭注作穴各本皆誤　注及兄弟也　案兄弟當依單行楚辭注作弟
兄各本及洪興祖本楚辭注皆誤倒　注以興在位之賢臣也　案賢當依楚辭注作貴各本皆
譌　何曾華之無實兮　袁本茶陵本校語云逸無華字案此亦初無而尤脩改添之考楚辭有當
是傳寫誤脫二本據所見爲校語耳　注政言德惠所由出之也　案當依楚辭注作言政令
德惠所由出也各本皆誤　注心惻隱也　案惻隱當依楚辭注作隱惻各本皆倒　注而逐放

也表本茶陵本逐放作放逐案此尤本誤倒后土何時而得乾表本茶陵本而作兮案楚辭而洪興祖云而一作兮此或善而五臣兮否則尤延之校改兮作而今無以考之注慕歸堯舜之明德也案明德當依楚辭注作聖明各本皆誤注終年歲也案年歲當作歲年各本及楚辭注皆倒

○招魂○

注欲使巫陽招之也表本茶陵本無招之二字案無者是也單行楚辭無洪興祖本有尤依之添非恐後之謝茶陵本之謝作謝之云五臣無之字表本無謝下校語云逸有之案楚辭作之謝故尤延之校改其實非也洪興祖云一云謝之即表茶陵所見本一無之字即五臣本也注必卜筮之法表本茶陵本必下有去字案此尤本脫得人肉而祀表本茶陵本而作以案楚辭作而洪興祖本作以或尤延之校改以作而今亦無以考之注常食蠃蚌表本茶陵本蠃作鼃案楚辭注作蠃此亦尤校改旋入雷淵表本茶陵本淵作泉注同案楚辭作淵案此必尤延之校改注皆有蠆毒表本茶陵本蠆作蠆案皆非也當依楚辭注作蠚注言啄天下欲上

之人何校言改主陳同案楚辭注作主是也各本皆誤注言有丈夫表本茶陵本無丈字案楚辭注有尤校添之注雕鏤綺木使方好也案綺當依楚辭注作連各本皆誤注詩云肆筵設机表本茶陵本肆作設案設字是也設筵設机者公劉之俾筵俾几也凡叔師所引皆非今毛詩單行楚辭作設洪興祖本誤爲肆今毛詩仍無肆筵設机之文尤誤取之以校改非注言大夫有二列之樂左傳曰晉悼公表本無有左傳曰四字茶陵本亦無樂作故案各本皆非也當依楚辭注作言大夫有二列之樂故晉悼公注垂鬒下髮表本茶陵本作垂髮下鬋案單行楚辭注作垂髮鬒下鬋洪興祖本作垂鬒鬘下髮互有不同蓋尤以意校改如此未必是也注發言中禮意者也表本茶陵本無發字案單行楚辭注無洪興祖本有尤校添之注時竊視安詳諦案當依楚辭注重時字諦上有審字各本皆脫注飾幬帳之高堂陳云帳下當有張字是也楚辭注有各本皆脫注皆衣虎豹之文異采之飾表本茶陵本無之文二字案楚辭注有尤校添

之注羅列之陳案之當依楚辭注作而各本皆誤臑若芳些袁本作腼校語云逸本作臑茶陵本作臑云五臣作腼案楚辭作臑洪興祖云臑一作臑一作腼此注臑仁珠切似善作臑或袁本校語有譌否則音非善舊也注爛熟之則臇美也袁本茶陵本無爛字案楚辭注有尤校添之注藷蔗也袁本茶陵本藷作謂案當作諸下文可證楚辭注作藷與善異本尤校改失之注鴻鴈也袁本茶陵本鴈作鸕案洪興祖本作鴈單行本作鴈鸕蓋改鸕爲鴈而兩有考九思悼亂云鴻鸕兮振翅是作鸕未必非也注楚人名羹曰爽案羹下當依楚辭注有敗字各本皆脫注以蜜和米麪袁本茶陵本麪作麵案此尤本誤字注又長味好飲袁本茶陵本好飲作也案楚辭注作好飲也尤校改之發楊荷些案楊當作揚注發揚荷葉同袁茶陵二本所見亦誤楚辭俱作揚也注誠足怪奇也袁本茶陵本足作獨案單行楚辭作獨洪興祖本作足尤校改之注投六箸行六棊袁本茶陵本行下無六字案楚辭注有尤校添之注比集者也案當依楚辭注去者字各

本皆衍

注又曰和樂且耽 案耽當依楚辭注作湛各本皆誤凡逸所引皆非今毛詩此必不知者改

注言蘭芳以喻賢人 表本茶陵本無言字案楚辭注言字在下句首蓋尤校添而誤其處

酎飲既盡歡 何校去既字茶陵本云五臣無既字表本云逸有既字案楚辭無洪興祖云一本盡上有既字即此本也此不當有恐傳寫衍各本所見皆誤

汨吾南征些 何校去些字下白芷生些同案楚辭無各本皆衍

菉蘋齊葉兮 表本茶陵本蘋作薠下有煩音案此必善蘋五臣薠也湘夫人登白蘋以騁望二本校語有明文此正同彼二本所見以五臣亂善而失著校語尤所見不誤表本所載逸注中字作蘋亦不誤楚辭作蘋即此本也洪興祖云蘋一作薠即五臣本也又案洪興祖補注於湘夫人云薠一作蘋非是其說殊誤逸注上云蘋草秋生其下鳥萃兮蘋中注云鳥當集木巔而言草中文自相承二句既同一草必同一字不得如五臣之上一字作薠下一字作蘋或又謂白蘋與蘋不當一物異稱獨不見九辨鳳凰與鳳雛錯稱之乎逸注本無可疑洪未達其旨附正之於此

注爾雅曰 表本茶陵本無此三字案無者是也楚辭注無

注懷所

見自傷哀也何校懷改據陳同案楚辭注作據時二字是也何陳但改據字其時字仍不補未詳所出表茶陵二本亦作懷

注煙上蒸于天表本茶陵本無于字案此尤校添之其實誤也楚辭注亦無

注謂日也表本茶陵本無謂字案此尤校添之其實誤也楚辭注亦無

時不見淹表本茶陵本見作可案楚辭作可以單行本舊校云一作時不見淹洪興祖本云一云時不淹一云時不可淹一云時不見淹疑善見五臣可二本非而尤是也但無明文可以考之

注水旁林木中表本茶陵本無木字案楚辭注有尤校添之

○招隱士○

注楨幹也案句首楚辭注有爲字又案楨幹疑當作幹楨以楨與盛成韻各本皆脫誤

注崔巍嵯嵯陳云上嵯疑蹇案蹇嵯雖可通但此與上句山阜⿰山取嵎不協恐仍未是各本皆同楚辭注亦然無以考之矣

注走住殊異案殊異當依楚辭注作異趨各本皆誤趨字韻洪興祖云一云走跱殊也亦非

注草木茂盛案茂盛疑當作盛茂以茂與聚韻各本及楚辭注皆誤倒

卷三十四○七發○注漢書曰下至乘道死也表本茶陵本此一節注大異乃并善入五臣之誤也尤所見爲是注說文曰謝辭也表本茶陵本無此六字案無者是也表本所載五臣翰注有謝辭也三字蓋別本又有說文曰三字而尤誤取以增多注而損精案而上當有悅情二字此引韓子揚搉篇文各本皆脫皓齒娥眉表本茶陵本娥作蛾是也注鄭國淫僻茶陵本國作衛是也表本亦誤國麥秀蔪兮表本茶陵本蔪作蘄案蘄字是也廣韻作蘄亦引埤蒼與集韻皆蔪蘄同在一紐而分別兩字他書或用漸射雉賦云麥漸漸以擢芒漸與蘄古字通也尤所見別本作草木蔪苞之蔪非拄喙而不能前茶陵本拄作柱注同云五臣從才表本作拄用五臣也案此尤本以五臣亂善非熊蹯之臑茶陵本臑作臑注同有校語云五臣作臑表本作臑不著校語案臑即胹之別體字廣韻七之所載從需之字凡四臑其一也云臑煑熟下重文但有胹烳䏮三形集韻於廣韻偏旁用需之字皆從需此注音而其所引左傳方言彼皆作胹是自作臑不作臑茶陵本尚存善舊表本以五臣亂之注王

逸楚辭注曰稻粢穱麥挐黃粱陳云案此楚辭正文非注也當作穱麥麥中先熟者今案此或衍王逸注三字各本皆同無以審知之也於是伯樂相其前後表本云善無後茶陵本云五臣有後案此本亦初無而脩改添之蓋尤延之以爲善傳寫脫但注不見明文無以考也注爲趙簡子取道表本茶陵本子作王案王字譌當作主韓非子戰國策皆有簡主所謂大夫稱主也尤所改似是實非注夷桑也茶陵本夷作萸是也表本亦誤夷注與陽佚開表本茶陵本佚作迭是也注又古考史曰陳云考史當作史考譙周所著案所校是也史記司馬相如傳索隱引古史考可證困野獸之足表本云善無獸茶陵本云五臣有獸案此亦尤延之以爲傳寫脫而添之似是也注孔安國曰尚書傳曰案國下不當有曰字各本皆衍注縷辭縷也陳云辭恐覶誤是也各本皆譌慌曠曠兮案慌當作超表本云善作慌茶陵本云五臣作超此必欲改上文怳兮忽兮之怳爲慌慌誤以當此處各本校語皆據所見而不察也善亦作超其上文之怳乃當作慌澹澉手足

案澹澉當作澉澹善注云澉澹猶洗滌也各本皆同其表茶陵二本所載五臣銑注則云澹澉各本所見正文蓋皆以五臣亂善

注方言曰輸脫也　表本茶陵本輸作揄是也亦見廣雅釋詁

注因名胥母山　案此有誤史記作因命曰胥山即名也當本云因名曰胥山涉下文胥母而誤改

注混混沌沌　案沌沌當作庉庉各本皆誤

注郭璞爾雅曰踣覆也　表本茶陵本覆上有前字是也

注其陳云雅下脫注字二本亦脫

注中山公子牟謂詹何　表本茶陵本何作子是也

注其一人也　何校其改共是也各本皆譌

使之論天下之釋微　茶陵本云釋五臣作精表本云善作釋案善引好論精微爲注似亦作精各本所見皆傳寫誤

孟子持籌而筭之　茶陵本無持而筭三字云五臣作持籌而筭之表本用五臣云善作孟子籌之案此尤延之誤以五臣亂善

○七啓

○注過乎泱漭之野　表本茶陵本漭作莽案史記漢書皆是莽字疑前彼賦及此正文作漭者善爲五臣所亂

注分三爲一　茶陵本分作函是也表本亦作分誤與此同

注而酒汎溢

表本茶陵本汎作沇下汎者沸同案沇字是也今淮南覽冥訓作湛湛沇同字高誘注云酒湛清酒也米物下湛故曰湛不作汎明甚 注季夏之月 表本茶陵本季作孟是也 注句踐乃身被賜夷之甲 案賜當作暘各本皆誤吳都賦暘夷音以良切劉淵林注所引正作暘今越絕書作賜與此皆形近之譌也 注晁公侯九斿者也 表本斿作流案流字是也茶陵本作游亦非 注擬古詩曰屢見流芳歇 表本茶陵本無此九字 注畫招搖星於其上 陳云其旗誤是也各本皆譌案今本禮記注作又畫招搖星於旌旗上蓋李節引耳 注搢插也 案插當作捷宋潭州本儀禮鄉射釋文捷初洽反又士冠捷柶初洽反本又作插此正文作捷善所引儀禮注亦作捷不知者誤依今本作插改之亦如通志堂刻釋文於鄉射改捷爲插也何校正文捷改爲插陳亦云捷捷當作插皆據注之誤字 下無滿跡 案滿當作漏滿表本云善作滿茶陵本云五臣作漏各本所見皆傳寫譌七命云外無漏迹善引此下無漏迹爲注於文義本不得作滿也 注舒疾無力 案力當作方各本皆譌 羆獠回邁 案羆當作罷表

本云善作羆茶陵本云五臣作羆各本所見皆傳寫譌善亦不得作羆注李充高安館銘曰陳云充當作尤尤字伯仁見范史文苑傳是也各本皆譌注瀕音俯袁本茶陵本無此三字注觀者澹予忘歸也陳云予兮誤是也各本皆譌注巳而魚大食之袁本茶陵本魚大作大魚是也宴婉絕兮陳云宴燕誤今案陳據注引毛詩作燕也西征賦宴喜注亦引毛詩作燕或注有刪削未全耳注紉秋蘭爲佩袁本茶陵本爲上有兮字案兮當作以此尤延之欲校改而誤兩去其字也注鄭人聽之不若延靈以和陳云鄭鄙誤靈露誤是也各本皆譌注軒殿檻也又新語曰高臺百仞文軒彫窗也陳云文軒猶彫軒耳殿檻之釋與新語一條皆屬誤贅今案此注與中引尸子文軒義乖陳說近之但各本盡然未審所誤果當若何也注張衡應問曰陳云問閒誤是也各本皆譌注秦后來仕案后下當有子字各本皆脫注左氏傳曰舊章不可忘也案此十字不當有上云舊章已見東都主人復出非也各本皆衍

注則甘靈降　表本茶陵本靈作露案二本正文作露表有校語云善作靈茶陵無尤所見與表同故用正文改注注其實靈字未必非傳寫誤即正文作甘靈注爲甘露於善例自通改者未是

注鳳皇鳴矣　陳云下脫於彼高岡四字案所校是也此必連引以注於高岡各本皆脫

注漢書司馬相如　表本茶陵本無此六字

注擧英奇於側陋　表本茶陵本側作仄下同案此尤所見與二本異各本正文皆作仄表茶陵不著校語考東京賦招有道於側陋薛注字同善注引明揚側陋表茶陵二本正文亦作仄仍不著校語思元賦幽獨守此仄陋兮表茶陵作側其校語云善作仄善注引明明揚仄陋恩倖傳論明敭幽仄注及正文皆作仄仄蓋尚書自有二本作者或用仄或用側善隨而引之後人輒有所改致令正文與注有所歧互

卷三十五○七命○翫世高蹈　何校云翫晉書作超案翫字非也茶陵本云五臣作越表本云善作翫此必欲改下文玩志乎衆妙之玩爲翫誤以當此處各本校語皆據所見而不察也但善作越之與作超無明文以決之

注盤龍賁信越其藏　表本茶陵本盤作蟠越作於案二本是也正文

作盤疑注更有盤蟠異同之語刪削不全三國名臣序贊初九龍盤注引方言蟠龍亦如此蜀都賦潛龍蟠於沮澤用字不同也晉書作蟠何陳校改正文考此篇善未必與晉書同下讋其山彼作龍乘鳧舟彼作鷁與注不合最爲顯證今各依其舊亦不盡出

於是殉華大夫 袁本茶陵本殉作徇注同案此蓋尤校改爲殉晉書作殉但善未必同彼也

注遡向風也 袁本茶陵本無風字是也

注山海經曰二負 袁本茶陵本二作貳是也

注崱崚嶒而龍鱗 袁本茶陵本崚嶒作繒綾案二本是也尤誤改之說詳前鍾山詩崚嶒起青嶂下晉書作層陵

遡九秋之鳴飈 案遡當作愬注云愬與遡同若正文作遡不當有此注蓋五臣改爲遡各本所見亂之晉書上文作遡長風及此皆作愬下文遡惠風於蘅薄亦然疑善皆作愬也月賦愬皓月而長歌西京賦咸遡風而欲翔張載魏都賦注引作愬皆可互證

零雪寫其根 茶陵本云五臣作零袁本云善作雲案雲但傳寫誤此尤校改也晉書作雰

注楊雄解嘲曰 袁本茶陵本朔作難案難字是也解難亦載本傳與解朔迥不相涉不知者誤改耳

注操伯牙之號鍾兮

表本茶陵本伯作百案此尤校改之也揮危紘則涕流表本云善作流涕茶陵本云五臣作涕流案流涕但傳寫倒此尤校改正之也晉書不誤注蒼頡曰何校頡下添篇字陳同各本皆脫注宋玉風賦曰案風當作颫各本皆譌注汲古文曰案汲下當有郡字各本皆脫彫閣霞連案彫當作彤晉書不誤彤赤也故曰霞連與上句翠觀岑青正爲一例此亦如侍遊曲阿後湖作之誤彤雲爲彫雲皆失其文義所當訂正注畫龍蚪案蚪當作蛇誤用正文中蚪字改也上注云蚪龍也故復引此以申明之耳或據此謂招魂別有作蚪之本大誤遡蕙風於衡薄表本茶陵本蕙作惠衡作蘅案晉書同此尤校改也各本善注中字皆作蕙衡考魏都賦注及洛神賦乃惠蘅之誤尤所改非注杜預左氏傳曰何校傳下添注字是也各本皆脫拔靈芝表本云善作雲茶陵本云五臣作靈案此尤校改也詳善引西京賦以注靈芝之靈字似是晉書亦作靈注管仲之始治也表本茶陵本治作化是也注輕武卒名也下至奏嚴鼓之嘈囋表本茶陵本無此二十五字案無者

最是此或記於旁以駮善輕武戎剛四 注環爲營 袁本茶
車名之解尤延之不察誤取以增多 陵本環
上有自 注或云飛羅 案此四字不當 注音旻夫 案夫當作天
字是也 有各本皆衍 各本皆譌此
必出郛 注然纚罠一以爲對恐互體廣雅曰罠兔罟也 袁
璞音 本
茶陵本作然兔罠也四字 畫長谿以爲限 袁本茶陵本谿
案各本皆誤無以考也 作豀云善作谿
案谿字義不可通恐各本 叩鉦數校 案晉書數作散詳注
所見傳寫誤晉書亦作豀 云散爲陳列而行是
善自作散袁茶陵所載五臣向注云以數立功校之法 注
是五臣乃作數各本皆以五臣亂善而失著校語非
待獲射者 何校射上添待字者下 雲迴風烈 袁本茶陵本
添中字是也各本皆脫 下有聲動響
飛形移景發二句尤本 甗林蹶石 案甗當作甗各本皆誤
脫去當補晉書亦有 詳善音五忽切此字從
几明甚集韻十一沒云甗獸以鼻搖動最可 注史記曰蜚
證晉書亦誤甗音義云音瓦瓦即几之誤
廉 袁本茶陵本 注伍胥曰 袁本茶陵本伍下有子字案 注
蜚作飛是也 各本皆誤當作申包胥曰

鄭元禮儀注曰茶陵本禮儀作儀禮是也袁本亦誤倒注鍱或謂爲鍱案謂字不當有各本皆衍注如雷霆之震也袁本茶陵本作而雷之震電之霍案此尤延之用今本莊子說剟校改注則莫若益野驣駒也袁本茶陵本驣作騰案驣即騰別體字子豈能從我而御之乎袁本云善無能字茶陵本云五臣有案二本所見無者傳寫脫此尤延之校改添之也晉書亦有注煎鯖臛雀案鯖當作鰿各本皆誤此所引大招文注取其遠方物之美也袁本茶陵本取其遠方物之六字作約一字案二本是也今本味篇注正如此未悉尤增多何據也注寒方苓之巢龜案方當作芳各本皆譌注鷚鳥大鴝鷂袁本茶陵本無鴝字鷂下有也字案二本是也此所引隹部雡下文善謂鷚即雡耳注韓詩外傳曰鄭交甫遵彼漢皐臺下案此十四字不當有上云漢皐巳見南都賦複出非也各本皆衍注或曰棱案此下當有脫文各本皆同無以補之注吳地理志曰何校吳下添錄字陳同是也各本皆脫

耽口爽之饌案口爽當作爽口袁本云善作口爽茶陵本云五臣作爽口各本所見皆傳寫誤善注引五味令人口爽以注爽口即但取義同不拘語倒之例不知者泥之改正文以順注失之甚矣晉書亦作爽口又案下文誘我以聾耳之樂善引五音令人耳聾更例之可知者也注國語曰下至仕者世祿袁本茶陵本無此二十八字有文字屬下王處岐爲句是也注尚書曰湯既黜夏命陳云書下脫序字是也各本皆脫圍棲三足之鳥何校鳥改烏袁本云善作鳥茶陵本云五臣作烏案烏字協韻善不得作鳥但傳寫誤袁茶陵據所見爲校語非晉書亦作烏故靡得應子袁本茶陵本得下有而字案有者是也晉書亦有○賢良詔○罔不率俾袁本茶陵本罔作莫注同案二本是也漢書正作莫注在金河關之西何校金下添城字陳同是也各本皆脫若涉淵水未知所濟袁本茶陵本云善無涉字案漢書有此尤延之校添之也朕之不敏不能遠德袁本茶陵本云善無不敏二字案漢書有此尤延之校添之也○冊○注象其禮案禮當作

札各本皆誤

○冊魏公九錫文○分裂諸夏 表本茶陵本作連帶城邑案魏志作分裂諸夏尤延之據彼校改也但善不必與彼同似仍以二本爲是

注爲公卿大夫也 陳云爲謂誤是也各本皆誤

注宏濟于難 表本茶陵本于下有艱字是也

羣后失位 表本茶陵本失作釋云善作失案善引左傳注釋位是自作釋但傳寫誤爲失耳陳云失釋誤是矣魏志亦作釋

注遯走 陳云遯上脫遑字是也各本皆脫

造我京畿 表本茶陵本我作其案魏志作我尤據改

乘軒將反 表本云善作軒茶陵本云五臣作轅陳云據注似善本亦作轅案軒但傳寫誤也魏志亦作轅

致屆官渡 表本云善作度茶陵本云五臣作渡案魏志作渡尤據改各本注中字皆作渡恐涉五臣耳凡善度五臣渡其大槩也亦不盡出

注致天之罰屆 陳云罰字衍是也各本皆衍

注君北征三郡烏丸 陳云君公誤是也各本皆誤

注尚奔遼東 表本茶陵本無尚字陳云脫尚熙二字是也

求逞所欲 茶陵本逞所作所逞云五臣作逞所表本云善作所逞案善引思元賦注逞所欲是但傳寫誤

倒魏志亦作逞所注思賢賦曰飄飄神舉求逞所欲袁本茶陵本賢作元無求字是也箄于白屋袁本茶陵本箄作單案二本是也注云本並以箄于爲單于疑字誤也可見正文作單故善依博物志定爲箄若先作箄與注不相應矣尤延之校改似是實非魏志作單即善所謂本並以爲單者注劉淵林魏都賦注曰北羈單于白屋案此有誤也張載注魏都不得言劉淵林又單依文當作箄今彼注作北羈單于于白屋蓋亦誤注文王罔迶兼於庶獄庶慎也袁本茶陵本迶作攸是也案此必尤誤改注孔子過山側案山上當有太字各本皆脫注邪服蒐慝杜預曰回袁本茶陵本邪服作服讒案二本是也回下當有邪字此尤校添而錯誤緊二國是賴茶陵本是上有之字云五臣無袁本云善有案魏志無尤據改注奉承宗祖袁本茶陵本宗祖作祖宗是也注又曰巳下至予惟往求朕攸濟袁本無此十八字有攸濟巳見上文六字是也茶陵本有例改復出耳注范曄後漢書袁本茶陵本無此五字案

無者是也凡引諸文在本傳者多不冠大題此其一耳尤校添之蓋未悉善例注乃立冢社茶陵本社作土是也表本亦誤社注爾民軌儀也案爾當作示各本皆譌注弗昬作勞表本茶陵本昬作暋案依二本善正文似作暋志作昬或下當有昬暋異同之注今未全也注杜預左氏傳曰何校傳下添注字陳同各本皆脫注子之謂也陳云子上脫晏字是也各本皆脫

卷三十六○宣德皇后令○注要不彊爲酬謝之名案不當作必各本皆誤注赫言鄒衍之術案赫言鄒當作言赫脩史記集解所引別録如此可證也各本皆誤注庶王有不遠而復之義也表本茶陵本王有二字作乎案此尤校改也○爲宋公修張良廟教○注綱紀謂主簿也下至猶今詔書稱門下也此二十三字表本茶陵本無案此卷以下尤本增多各條似二本因并入五臣而刪削其尤所見異本爲是矣注周易曰雲從龍風從虎聖人作而萬物覩此十六字表本

茶陵本無注廣雅曰軌迹也伊伊尹望呂望也此十三字袁本茶陵本無注
漢良受書於邳圯案圯當作垠各本皆誤漢書作沂注良本召此四人之
力也陳云召招誤是也各本皆誤注㾆寐永歎陳云㾆假誤是也各本皆誤○爲宋
公修楚元王墓教○注太上基德十五王而始平之袁本茶陵
本無太上二字之作也案此尤校改也注郗正釋識曰袁本茶陵本郗作郤識作譏是也開
元自本者乎袁本茶陵本元作源案此似善五臣之異二本不載校語無以考之○永明九
年策秀才文○選名昇學袁本茶陵本昇作升是也注禮記曰司徒袁本
茶陵本曰下有鄉論秀士四字案此尤校刪也注一曰德行高妙下至才任三輔劇
縣令此五十二字袁本茶陵本無良以食爲民天袁本茶陵本爲作惟是也注周禮
曰肺石下至赤石也此十七字袁本茶陵本無注春秋元命苞曰樹棘槐

聽訟於其下此十四字袁本茶陵本無注冀夫人及君早起袁本茶陵本無及君二字案此尤校添也注命卭斜之谷茶陵本云五臣無命字袁本云善寶下有命字案二本與上節接連命字絕句不屬此首詳其文義仍不當有恐但傳寫誤衍也注漢書曰下至將繼太公之職事也此二十七字袁本茶陵本無注毛詩曰去殷之惡陳云曰下脫帝遷明德鄭元箋曰天意十字案所校是也引此者注正文遷字注史官田太初鄧公平術案田當作用公字不當有各本皆誤續漢志可證注蓋亦遠矣袁本茶陵本蓋亦作益以案此尤依續漢志校改也紛爭空軫袁本茶陵本爭作諍案二本不著校語無以考之注方言曰軫袁本茶陵本軫下有戾字是也注又曰欽若昊天此六字袁本茶陵本無注禮記曰夏后氏下至翰白色馬也此六十一字袁本茶陵本無○永明十一年策秀才文○九序未歌何校序改敘案何據注也注九功惟序九序惟歌茶陵本二序字作敘袁本并入五

臣亦作敘其所載五臣向曰九序謂六府三事也則二本並作序恐正文爲善敘五臣序各本所見亂之此本注二字作序乃尤延之以正文改注未必是也注毛詩曰下至何以卒歲此十九字表本茶陵本無

注必將崇論宏義案義當作議各本皆誤

注尚書曰罔不同心以匡乃辟此十一字表本茶陵本無

注應劭尚書案劭下當有曰字各本皆脫

若閑宂畢弃茶陵本畢作畀云五臣作畢表本云善作畀案二本所見傳寫誤也此蓋尤延之校改正之

天下之有惡茶陵本云五臣無天表本云善有天案此不當有各本所見皆傳寫誤衍耳

注東觀漢記曰魯恭下至具以狀言安此一百二十字表本茶陵本無又自此下至本節注末茶陵有表無皆并善入五臣而誤刪削也餘不悉出

注文子曰有鳥將來張羅下至即無時得鳥此二十九字表本茶陵本無案張羅下當有待之二字表茶陵二本所載并入五臣翰注者有

注貪則爲盜富則爲賤案貪當作貧何校賤改賊陳同是也此所引樂論篇文

注辯麗可

嘉何校嘉改喜是也各本皆誤朕思念舊民茶陵本念作命云五臣作念表本云善作命案二本所見傳寫誤也此蓋尤延之校改正之注名王奉獻表本茶陵本名上有遣字是也注毛詩

序曰下至豈惟弊邑此六十六字表本茶陵本無注魏謂春申君曰陳云魏下脫加字是也各本皆脫注不可爲秦之將案爲下當有拒字各本皆脫前東門行注引有注

天下有十二州齊得其七故謂北境爲五州表本無此十七字有五州已見顔延之侍遊曲阿後湖詩十四字案表本最是此尤同茶陵複出而誤○天監三年策秀

才文○注刓音角之刓與刓剸同表本茶陵本無音字案各本皆非也當作刓音刓角之刓與剸同韓信傳注可證注士植懸表本茶陵本植作特是也注非仁也何校仁改人是也注若渴無日案若當作苦各本皆譌魏志王朗傳注引可證注夜與陰者日

之餘雨者月之餘表本茶陵本無與陰二字雨上有陰字月作時案二本是也王朗傳注引正如

此　注況賢於隗者乎又　表本茶陵本作況賢者也莊子曰案以下文今新序有莊子無故尤延之校改如此也但考藝文類聚鱗介部亦引爲莊子困學紀聞莊子逸篇採之仍當依二本爲是　注攸囿　表本茶陵本攸作收又茶陵本苟作者是也表本作考亦誤　昜弗及苟造德弗降

注蔑如也　陳云如無誤是也各本皆誤案此所引板傳文　注原涉好殺　表本茶陵本無殺字案此尤校添　注漢書陳咸下至輒論輸府　表本茶陵本無此一百三十二字有漢書陳萬年傳曰論輸府下十一字案此卷末葉尤脩改乃初同二本而後添當以二本爲是又案末下字漢書無蓋衍也　注膺

表欲罪　表本茶陵本欲下有罰其二字是也　注景帝問鄧公下至卒受大戮　表本茶陵本無此四十字有鄧公謂景帝曰六字案此亦二本是　注間者水出下至災異仍重　表本茶陵本無此十八字案此亦二本是

文選考異卷第六

文選考異卷第七

賜進士出身通奉大夫江南蘇松常鎮太等處承宣布政使司布政使胡克家撰

卷三十七○薦禰衡表 表本茶陵本表下有一首二字案有者是也後每題下盡同卷首所列子目亦同下卷放此 陛下睿聖 茶陵本睿作叡云五臣作睿表本云善作叡案范書作叡此尤以五臣亂善 注具作其事 陳云作上誤今案汪文盛刻班書是作字章懷注范書引亦是作字陳所說非也 注無所遺失 表本失下有也字茶陵本無此初有而脩去之 掌技者之所貪 茶陵本技作伎云五臣作技表本作技無校語案表用五臣也范書作臺牧章懷注諸本並作臺牧未詳其義融集作堂牧注文盛刻范書如此其實堂牧即掌技之譌耳伎技同字或選所據融集作伎也 注古善相馬者 表本茶陵本古下有者字此初有而脩去之案者當作之所引觀表篇文也七發與吳季重書注作之是七命注及此作者非 ○出師表○注後主即位十二年卒 茶陵本無即位十二年卒十六字

此一節注茶陵并五臣於善表本并善於五臣恐尤亦非其舊**而中道崩徂**表本茶陵本徂作殂案此尤改之也二本是蜀志正作殂**亡身於外者**表本云善作亡茶陵本云五臣作忘案各本所見皆非也亡但傳寫誤何校亡改忘蜀志正作忘**注桓靈後漢二帝用閹豎所敗也**表本無用閹豎所敗五字茶陵本并善入五臣有之尤所見同茶陵而誤衍**注荊州圖副曰**表本茶陵本無副字是也**注爾雅曰獎**表本茶陵本爾作小是也**至於斟酌損益**茶陵本損作規云五臣作損表本云善作規案蜀志本傳作損董允傳作規尤延之依本傳改不知乃以五臣亂善也**責攸之禕允等咎以章其慢**何校云董允傳所載與本傳微不同本傳無若無興德之言六字作責攸之禕允等之慢以彰其咎案表本所見善與尤無異較本傳但少之字彰作章慢咎互易其五臣則與本傳同茶陵本輒於正文依善注所引董允傳添改作若無興德之言則戮允等云云與注不相應大誤且善但謂當有上六字未嘗欲并改責攸之禕允以下也更屬誤中之誤矣**深追先帝遺詔**表本茶陵本無遺詔二字

案蜀志有尤延之依以校添也此初刻仍無與二本同臣不勝受恩感激今當遠離表本茶陵本無激今二字案蜀志有尤延之依以校添也此初刻仍無○求自試表○注謂文武明也陳云文武當乙是也各本皆倒注史記太史公陳云公下脫曰字是也各本皆脫俯愧朱紱茶陵本愧下校語云五臣從小表本云善從女此亦以五臣亂善下文以滅終身之愧二本所見亦當善作媿失著校語非魏志皆作愧注尚書曰啟表本茶陵本曰上有序字此初有而脩去之案有者是也下尚書曰武王崩各本皆脫序字注春秋歷序曰案歷上當有命字各本皆脫又勸進表注所引春秋歷序亦脫命字注左轂鳴此者工師之罪也案此者當作者此表本亦誤倒茶陵本幷善入五臣全非裴松之注引正作者此欲以除害興利表本茶陵本害作患案魏志作患二本是也必以殺身靜亂表本茶陵本無以字案魏志有蓋尤據之添也而耀世俗哉表本云善作燿茶陵本作燿云五臣作曜案魏志作燿尤改非志或鬱結表本茶陵本云

善無志字案魏志有二本所見或傳寫脫尤添之是也伏以二方未尅爲念何校云魏志伏
作但案今本魏志亦作伏何所據者未見存之以俟再詳伏見先武皇帝袁本茶陵本無武皇二字
案魏志有蓋尤據之添也猶習戰也袁本茶陵本猶作由案魏志作猶蓋尤據之改也注統由
總覽也袁本茶陵本由作猶是也事列朝榮何校云魏志榮作策陳云作策爲是各本皆形近之
譌字耳注左氏傳曰子朱撫劒從之袁本茶陵本無此十字注濤至乘
北陳云乘上脫江字是也各本皆脫案七發注引有注昔克路之役何校路改潞陳同是也各
本皆誤苔臨淄侯牋褚淵碑文頭陀寺碑文注誤與此同注秦來圖敗晉攻何校攻改功陳同是
也各本皆譌注三敗三北茶陵本敗下無三字是也袁本亦衍注徧飮而去袁本去下
有之字此初有而脩去之茶陵本并善入五臣無此字案所引愛士篇文彼亦無此字注及獲惠公
以歸何校及改反陳同是也各本皆誤注然則以其同祖案則字不當有各本皆衍注

李宏武功歌曰陳云宏尤誤是也各本皆誤注東郭俊者茶陵本俊作俊表本亦作俊案各本皆譌也當作逡下同注猶不敢嘿也表本茶陵本重嘿字是也螢燭末光何校云螢一作熒案魏志作熒古字通但選文與國志非必全同今各本則皆作螢也○求通親親表

○注自因致其意也表本茶陵本無因字案魏志有因無自必尤延之改自爲因乃誤兩存也

克明俊德表本俊下校語云善作駿注中字亦作駿茶陵本作俊注中字亦作俊無校語案尤及茶陵所見以五臣亂善也魏志作峻與善五臣無合者恐經後人依禮記改以藩屏王室茶陵本藩作蕃注同校語云五臣作藩表本作藩無校語案表本用五臣也此以五臣亂善魏志作藩藩蕃通用耳注謝承後漢書曰桓礹鄙營氣類表本茶陵本無此十二字臣伏自思惟豈無錐刀之用表本茶陵本思惟豈三字作惟省二字案魏志作惟省尤改添未知何據或所見自不同注東觀漢記下至蒙見宿留表本此十八字作錐刀之用已見上文八字是也茶陵本複出同此非

若臣爲異姓表本茶陵本若下有以字案魏志有以字尤删未知何據或所見自不同注駙近也茶陵本駙作附表本作附近之附也然終向之者誠也茶陵本無然字終下校語云五臣作然表本無終字校語云善有終字案魏志有然無終疑茶陵所見得之有不蒙施之物茶陵本云五臣再有有不蒙施之物六字表本再有云善無有不蒙施之物六字案此初無尤脩改添之魏志再有善亦當再有傳寫脫去也何校添陳云重六字爲是注尚書傳曰表本無傳字茶陵本有案各本皆非也說見後荅魏太子牋下注樊目勃蘇案樊當作棼各本皆譌

○讓開府表

○誡在寵過表本茶陵本寵過作過寵案晉書正作過寵此尤誤倒耳然臣等不能推有德何校去等字云晉書無案所說是也各本蓋皆衍據令光祿大夫李喜陳云喜晉書作憙爲是今案喜憙古字通未審他家晉書有作喜者以否注領職曰服事何校領改頒是也各本皆譌注謂公家服事表本茶陵本事下有也字何校改也作者又謂下添爲字是也各本皆脫誤

○陳情事

表 表本茶陵本無事字案此疑善五臣之異二本不著校語無以考也 注字令伯 茶陵本此下有楗爲
武陽人五字表本無與此同案茶陵幷五臣入善考華陽國志有或善不備引 躬親撫養 表本茶陵本親
下校語云善作見案此以五臣亂善蜀志注晉書皆作見見是親非 臣少多疾病 表本云善無少字茶
陵本云五臣有少字案蜀志注晉書皆有少字尤蓋據之添 注一作孑 案此校語錯入也即謂五臣作
孑觀表茶陵二本校語皆可見如謝平原內史表岐下云一作崎亦即謂五臣作崎也蜀志注晉書皆作孑 辭
不赴命 表本茶陵本命作會蜀志注晉書皆作命案尤蓋據之改 ○謝平原內史表○
注到官上表 表本茶陵本表下有謝恩二字 臣機頓首頓首死罪死罪 茶陵
本無此十字有中謝二字是也表本幷無中謝非尤用善謝開府表注所云添改益非 注范雎 下至 不
知所裁 表本茶陵本無此十八字 臣本吳人 茶陵本無吳人校語云五臣有吳人表本有無校語
案表用五臣也此以亂善 注羣萃而同處 案同當作州各本皆誤 注兩宮東宮及

上臺也　表本無此八字所載五臣向注有之茶陵本并善入五臣尤蓋因此錯混耳表本是也　注王隱晉書曰袁瑜　表本茶陵本袁作爰案二本是也爰姓見廣韻爰字下又依此似正文善爰五臣袁各本亂之而失著校語又案二本自此至字道淵共爲一節在後曹武下然則馮熊字文羆顧榮字彥先二句亦王隱書尤割裂者非　而不能不恨恨者　何校恨恨改悢悢表本云善作恨恨茶陵本云五臣作悢悢案各本所見皆傳寫誤也與蘇武詩二本校語五臣作恨恨善作悢悢與此全屬相反彼是此非　注攜手逐秦　陳云逐遯誤是也各本皆誤　注青組朱軒並二千石之車飾　表本無此十二字所載五臣濟注有之茶陵本并善入五臣尤蓋因此錯混耳表本是也

○勸進表○

注閔帝年號　何校閔改愍陳同各本皆誤　臣磾　茶陵本磾上有匹字表本無下同案此疑善五臣之異二本不著校語何校添陳云磾上脫匹字下並同　注授圖于黎元　表本茶陵本于作子是也　注謂景宣文　表本茶陵本景宣作宣景是也　注永嘉懷帝年號　表本茶陵本無此六字案所載五臣

向注有之此錯混耳注劉載使劉曜陳云載聰誤是也各本皆誤注太尉應劭等議陳云尉下脫掾字是也各本皆脫注謝承下至虜庭表本茶陵本無此十六字案尤增多誤也而重耳主諸侯之盟茶陵本作而重耳以主諸侯云五臣無以字有之盟二字表本云善有以字無之盟二字案此尤校改以五臣亂善也晉書作以主諸侯之盟善不必與彼全同不可以爲證蒼生禺然案禺當作喁善引淮南子喁喁然爲注是作喁字表茶陵二本所載五臣濟注云禺然仰德貌蓋各本以五臣亂善而失著校語晉書作禺不可以爲證說見上喻巴蜀檄曰延頸舉踵喁喁然百辟勸進今上牋搢紳禺禺用字不同當各依其舊也注西蜀父老曰案西當作難各本皆誤下以釋普天傾首之望茶陵本普作溥云五臣作普表本云善作溥案此尤校改以五臣亂善也晉書作普不可以爲證說見上注公羊傳曰緣臣之心何校傳下添注字臣下添子字是也各本皆脫注而楚尅其二都茶陵本二作三是也表本亦誤二注民服其上下无覬覦何校服下添事

字上下添而字是也各本皆脫注乃許晉平下至且召之茶陵本此十七字作郤乞二字表本
幷無案似茶陵爲是注不及曩時之士也表本茶陵本曩作嚮是也漢書作曩後五十一卷同
史記作鄉鄉即嚮字與此同各有所出不妨兩見善例每如此
卷三十八○爲吳令謝詢求爲諸孫置守冢人表○注尚
書曰表本茶陵本書下有王字注繼絶世表本世下有已見上文四字茶陵本無案此不當有世字
謂已於三王敦繼絶之德下引論語曰繼絶世也茶陵本即複出與此皆非注懷金已見上謝
平原内史表佩青已見上求通親親表表本作懷金佩青已見上文八字案
表本非也善第一卷注自言同卷再見者並云已見上文又云其異篇再見者並云已見某篇然則凡不合此例皆
失善舊餘不具出茶陵本盡改複出益非○讓中書令表○注何法盛晉書頫
川庾録曰表本茶陵本無晉書二字注中州爲洛陽陳云爲謂誤是也各本皆誤不

悟徵時之福袁本茶陵本徵作邀案晉書作徵此尤改之也邀徵古同字恐選文自用邀改之未必是

乘異常之顧袁本茶陵本乘作垂案尤本誤晉書亦是垂字注孟子曰滄浪之水

清兮下至已見上求自試表注袁本此二十四字作濯纓及沐浴已見上文九字茶陵本複出案此各本皆失善舊注桓思竇后順烈梁后何校乙順烈梁后於桓思竇后上是也各本皆倒

可爲寒心者也袁本茶陵本云爲善作謂案此尤校改正之也晉書作謂誤與此同而

使內處心膂袁本茶陵本云處善作劇案此尤改之也晉書作處選文往往別有所出不必全同耳

注音呂袁本茶陵本作膂音呂三字在注末是也

○薦譙元彥表○

注性清袁本茶陵本清作靜是也注左氏傳荀息曰下至貞也袁本此二十六字作忠貞已見上文六字茶陵本複出非

注洗耳許由也下至乃臨河洗耳袁本此二十八字作洗耳已見上文茶陵本複出非

注戌聞之茶陵本戌作成是也袁本亦誤戌注兔罝之人能恭敬

表本茶陵本免罝作罝免是也　注劉歆移書曰表本無書字是也茶陵本亦衍　注已見上文謝朓八公山詩表本無文字是也茶陵本複出更非　注音蜀表本茶陵本作蠋音蜀三字在注末是也　注太子師及祭酒印綬陳云及友誤是也各本皆誤　注不強致說音悅表本茶陵本說音悅三字作之也二字　注漢書曰下至深山表本此十八字作圜綺已見上文六字茶陵本複出非　○解尚書表○注檀道鸞晉陽秋曰何校晉上添續字陳同各本皆脫　於臣實所敢喻何校寔下添非字云晉書有陳云晉書爲是案此似選文傳寫脫　注見利思義何校利改得是也各本皆誤　注左傳曰下至不可懷也表本作宴安已見上文茶陵本複出非　注老子曰下至且成表本作善貸已見上文茶陵本複出非　○爲宋公至洛陽謁五陵表○注其界本西得梁州之地案梁當作雍晉書地理志司州其界西得雍州之京兆馮翊扶風三郡可證各本皆誤　○爲宋

公求加贈劉前軍表○注左氏傳下至德之休明袁本作休明已見上文茶陵本複出非注尚書曰爾有嘉謀嘉猷袁本茶陵本曰上有王字注尚書曰納于百揆袁本作百揆已見上文茶陵本複出非注易曰下至其臭如蘭袁本作金蘭已見上文茶陵本複出非○爲齊明帝讓宣城郡公第一表○注道生即太祖之弟也陳云弟當作兄是也各本皆誤南齊書本傳可證注又曰后憑玉几袁本茶陵本又字作尚書顧命四字注左傳晉穆嬴曰袁本茶陵本左下有氏字注孫盛晉陽春秋曰袁本無春字是也茶陵本亦衍注郤超假還東何校郤改郗陳同是也各本皆誤注左傳楚薳啟彊曰案左下當有氏字彊當作疆各本皆脫誤注神州已見上下至刑法也袁本此二十一字作神州儀刑已見上文八字茶陵本複出非注勿復爲虛飾之煩袁本茶陵本之煩二字作也字注黷慢朝經也案朝經二字不

當有各本皆行注左傳下至恐殞越于下袁本作殞越已見上文茶陵本複出非注盡君道□袁本茶陵本盡上有則字下句同案此尤校改去之耳

○爲范尚書讓吏部封侯第一表○頓首頓首死罪死罪袁本茶陵本無此八字有中謝二字下文豈待明經臣雲下二本同案二本是也說見前謝平原內史表注論語下至有所不爲也袁本作狂猾已見上文茶陵本複出非蹋屩齊楚案屩當作蹻善引史記及徐廣注皆是蹻字袁茶陵二本所載五臣良注乃作屩蓋善蹻五臣屩各本亂之而失著校語又此屩下腳亦五臣音耳注漢書下至爲

銅虎符袁本作分虎已見上文茶陵本複出非注□孫盛晉陽秋曰茶陵本陽下衍春字袁本無此亦初衍後脩改去之亂離斯瘼陳云瘼當作莫注同毛詩曰亂離瘼矣當作韓詩曰亂離斯莫潘安仁關中詩注可證也案所說是也袁茶陵二本所載五臣向注云瘼病也必善莫五臣瘼各本亂之而失著校語後又幷改善注甚非注蔡邕詩序曰下至北陸無日之地袁本作悵望鍾

阜已見上文八字茶陵本所複出與此同陳云鍾阜謂建康之鍾山也注誤引許叔重語今案善謂鍾阜已見上文者謂自於沈休文鍾山詩題下注訖也複出者失其意用許慎曰云云當之致爲巨謬尤專主增多乃取以竄入陳駮雖是然細繹袁本善初無斯誤也凡複出增多大足爲累於此可知餘不盡論　注絺構見魏都賦下至昧爽也　袁本作絺構草昧並已見上文九字茶陵本複出非　注過朱祐　陳云祐祜誤下同各本皆譌　注上初學長安　袁本茶陵本上初作初上是也　注南陽大人賢者　陳云大人當作人與是也袁本茶陵本無大字亦脫與　注漢書下至如倪拾地芥　袁本作明經拾青紫已見上文九字茶陵本複出非　注襄陽耆舊傳記曰　袁本茶陵本無記字　注即聲名不足慕企　袁本茶陵本重有不足慕企四字　注毛詩序曰禮義陵遲　袁本作陵遲已見上文茶陵本複出非　注元和元年　案上元字當作光各本皆譌　注時侍中常侍　袁本茶陵本無時字　注可封留侯　袁本作子房封侯已見上文案袁本是也茶陵本與

此同乃并五臣入善之誤注視吳公□何爲袁茶陵二本皆無空字此初有衍而去之或四姓侍祠何校去或字案所校是也各本蓋皆傳寫衍注漢書曰成帝下至故世謂之五侯袁本作五侯王氏也已見上文九字茶陵本複出非注東觀漢記相者袁本茶陵本記下有曰字此脩改去之注謂元帝也袁本茶陵本無謂字注車丞相高寢郎袁本茶陵本高下有祖園二字此脩改去之案有者是也微物知免袁本茶陵本云免善作表案此或所見不同否則尤校改之耳

○爲蕭揚州薦士表袁本茶陵本薦上有作字案尤本脫注老子曰和其光而同其塵袁本作同塵已見上文茶陵本複出非注王褒下至非一狐之腋袁本作一狐已見上文茶陵本複出非注謝靈運宋書序曰何校宋改晉陳同是也各本皆誤注在貧賤不患物不踈己何校賤下添雖仁賢三字陳同是也各本皆脫注孟子曰下至學則三代共之袁本作庠序已見上文茶陵本複出非注

四方有志之士袁本茶陵本無有志二字注東觀漢記耕袁本茶陵本無漢字注范睢漢書曰何校漢上添後字是也各本皆脫注晉陽春秋曰袁本無春字是也茶陵本亦衍何校晉上添續字同前注論語子曰下至不以人廢言袁本此十六字作不以人廢言已見上文八字茶陵本複出非○爲褚諮議蓁讓代兄襲封表○注老子曰下至知止不殆袁本作止足已見上文茶陵本複出非○爲范始興作求立太宰碑表○則義刑社稷袁本茶陵本刑作形案尤本誤注爾有嘉謀嘉猷袁本茶陵本無嘉謀二字案此尤校添也注敬敷五教在寬袁本重有五教二字案有者是也殿本紀重有孔穎達商頌正義引尚書重有袁本後鑿去下五教二字茶陵本無與此同皆非注又曰下至百揆時序袁本作百揆已見上文六字茶陵本複出非注漢書曰下至琴書自樂袁本作琴書已見上文六字茶陵本複出非注論語曰下至民無德而稱

焉表本作無得而稱巳見上文茶陵本複出非

注又潘敞以仗防之陳云又使誤是也各本皆誤

故首冒嚴科何校云故下疑有脫文案所說是也何意謂此當云故吏故民之類未知所脫果何文耳今無以補之

注修張良教何校良下添廟字陳同是也表本亦脫茶陵本複出非

注

第二子恪陳云子字當重是也各本皆脫

注禮記曰下至

吾誰與歸表本作九原巳見上文茶陵本複出非

注顏蠋謂齊王曰表本茶陵本蠋作觸案今齊策作觸古今人表作歜歜觸同字也疑蠋觸皆觸之譌

注皆鏤爲蛟龍表本茶陵本蛟作交是也

注長老見碑表本茶陵本碑下有者字案此脩改去之

卷三十九○上書秦始皇○注後二世表本茶陵本此三字作及二世信趙高之譖八字案此節注表并善入五臣茶陵并五臣入善即尤亦恐非其舊今不具論

注又曰惠文君八年張儀復相秦攻韓宜陽降之云孝王案此二十一字決非善注

不知何時竄入考張儀復相後八年也秦本紀六國表韓世家皆並無攻韓宜陽降之之事善烏由爲此語況下方引甘茂伐宜陽而疑書誤若果有此語便是無疑彌乖剌難通矣各本皆同其謬已久今特訂正袁茶陵二本王作公下同說見於下

注十年納魏上郡張儀伐蜀滅之 案依史記當作十年張儀相秦魏納上郡八年張儀復相秦伐蜀滅之此注全爲人所改各本皆同絕非善舊矣

注史記云孝王納上郡此云惠王疑此誤也 案此十六字決非善注不知何時竄入考魏納上郡在惠文君十年秦本紀六國表魏世家明文鑿鑿了無異說善何由爲此語各本皆同其謬已久今特訂正

注宜陽韓邑也 袁本茶陵本無此五字

注孝王卒 茶陵本孝作武是也袁本亦誤孝

此四君者 袁本茶陵本無者字案史記有尤添之也

致昆山之玉 袁本茶陵本昆作崐案史記作昆尤改之也注引新序作昆或善自是昆字

注孫卿曰 袁本卿下有子字是也茶陵本亦脫

而陛下悦之何也 袁本茶陵本無何也二字案史記有尤添之也

注駃馬屬 案駃下當有騠字各

本皆脫西蜀丹青表本茶陵本西蜀作蜀之案史記作西蜀尤改之也而歌呼嗚嗚快耳者表本茶陵本無呼字案史記有尤添之也今棄叩缶擊甕表本茶陵本無叩缶二字案史記有在擊甕下尤添倒耳在乎色樂珠玉表本茶陵本無珠玉二字案史記有尤添之也在乎民人也表本茶陵本無也字案史記有尤添之也退而不敢西向表本茶陵本無向字案史記有尤添之也而外樹怨諸侯表本茶陵本外下有以字案史記無尤刪之也○上書吳王○注惡不指斥言何校去不字陳同是也表本亦衍茶陵本下又有欲字幷善入五臣耳注三輔黃圖曰表本三上有善曰二字是茶陵本移每節首非下申子曰上漢書曰文帝閔濟北上二郡謂城陽上漢書曰上憐淮南王上以孟康解其文上湛今沇字也上言高祖燒所涉之棧道也上同又每節首非舊注者亦當有也救兵不至表本茶陵本至作止案止字是也漢書作止此尤本誤注靑陽水名也表本茶陵本無此五字案二本所載五臣銑注有之尤誤取增多耳注輒當爲禦案輒

當作輔謂正文以輔大國之輔也下云以禦 注爾雅曰奸
於趙顯然可知正文並無輒字各本皆誤
求也 案奸當作干 注善曰劉瓛周易注曰至極也謂極言
之 袁本茶陵本無此十五字案二本最是正文至漢書作志五臣作至善未必與之同尤增多此注以實之殊誤
注服虔曰袗服 袁本茶陵本無服虔曰案二本連上不分節然則袗服以下乃應劭注也尤分節而以服虔曰加之非
然則計議不得 袁本茶陵本云議善作謀案此尤改之也漢書作議
注善曰方言云 袁本善曰二字作又茶陵本作又曰案此袁是也
注晉書注以瑋爲諱 何校書改灼陳同是也各本皆誤
注言高祖涉所燒之棧道也 袁本茶陵本涉燒二字互易是也
收弊人之倦 袁本茶陵本弊作敝云善作蔽案此尤改之也漢書作弊
○獄中上書自明 袁本茶陵本獄中作於獄案此疑善五臣之異二本不著校語無以考也
注後聞軻死 袁本茶陵本死下有事字
注干歷也 袁本歷下有之字是也漢書顏注引有史記集解引亦有茶陵

本并入五臣無非 而燕秦不㾠也 袁本茶陵本㾠作悟案史記作悟漢書作㾠此尤改之也後是以聖王覺悟未改史記漢書皆作㾠㾠即悟字善蓋本作㾠也 注初不相識相知 案不字當在識字下各本皆誤顏注云初相識即本此節去不相知耳可借爲證 注報將軍之仇首何如 案首字不當有袁茶陵二本此節注皆并入五臣非仍無此字疑尤欲補者字而誤之 注殆欲誅之 何校殆改君陳同是也各本皆誤漢書顏注史記集解引皆作君 誠有以相知也 袁本茶陵本云誠善作成案此尤改之也史記漢書皆作誠 注謂讒短也 袁本茶陵本無短也二字 注敬重

蘇秦 袁本茶陵本無此四字 注周之末人也 何校末下添世字陳同是也各本皆脫漢書顏注引服虔史記集解引列士傳正有可借爲證 注見列士傳 袁本見上有其姓名三字是也茶陵本亦脫 注新語曰 袁本茶陵本上有善曰二字是也下說苑鄒子說梁王曰上國語泠州鳩曰上同 注無紹介通之 袁本茶陵本無此五字 注鄒子說苑 袁本茶陵本無此四字案無者是也

不云說苑以承上條故耳**注文子曰**何校子改潁陳同是也各本皆誤案漢書顏注史記索隱俱引之表茶陵二本移善曰在此上非尤校改正之矣**注積毀消骨謂積讒**茶陵本骨謂積讒四字作國亦云消骨五字表本作國亦云消骨也六字案此各本皆有誤說在下**注善曰毀之言骨肉之親爲之銷滅**茶陵本善曰二字作又曰讒三字表本作故聽讒三字滅下二本有國亦然也四字案此各本皆有誤考史記漢書絕無作國者恐其並非善注蓋本積毀銷骨句別爲一節而於下注善曰讒毀之言骨肉之親爲之銷滅合并六臣多所增竄尤之刪改亦未爲是**注子宣王辟強立**茶陵本強作彊表本與此同何校改疆陳同是也**注子臧越人也**案人下當有蒙字二字史記索隱引有張晏據史記爲說也不知者乃刪之各本皆誤正文自云越人子臧決不當以子臧越人也作注甚明**注言無私也**表本茶陵本無言字是也下言無偏也同**由余子臧是矣**表本茶陵本矣作也說見下**朱象管蔡是矣**茶陵本云五臣作矣表本云善作也案史記漢書皆作矣此尤改之也**注舜弟**

象傲帝表本茶陵本無帝字是也注乃致管叔于商茶陵本致下有辟字是也表本有辟
無致亦非注民到于今受其賜表本茶陵本無此七字有此之謂也四字案亦衍注子
終出使者表本出作辭茶陵本與此同案出辭當兩有今列女傳云出謝可證注善曰言士
有功可報者思必報表本茶陵本無此十二字案此亦尤增多之誤也注公孫鞅
事孝王陳云王公誤是也各本皆誤注上至高祖何校高改曾是也各本皆誤案漢書顏注
引作曾可證注善曰伊尹管仲表本茶陵本無此六字案此亦尤增多之誤也以下同輔
人主之治表本茶陵本云治善作政案史記作治此尤改之也漢書此處多異難以相證今不更論不
得爲枯木朽株之資也表本茶陵本云善無也字案史記漢書皆有此尤添之也注有
深謀善計而即行之表本茶陵本無此九字注制戰國策表本茶陵本無此四
字以信荊軻之說表本云善無以字茶陵本云五臣有以字案史記漢書皆有此尤添之也注

又獻燕督亢之地圖下至以擿秦王表本此二十九字作刺秦王已見上文七字是也茶陵本所複出與此不同皆非　注六韜曰下至俱爲師也表本茶陵本此五十四字作文王遇呂尚西伯遇太公俱爲師也十四字案各本皆有誤當本是善曰西伯遇太公立爲師已見上文合并六家刪改既非尤所增多更誤　沈諂諛之辭表本茶陵本沈下有於字校語云善無沈於案史記有沈於漢書有沈無於此尤添之也善不當無無乃傳寫脫　注說文曰墻下至臣之所居也表本茶陵本無此十九字　注漢書音義曰表本茶陵本無此五字下善曰不羈謂才行高在阜食牛馬器以木作如槽上是也　注遠不可羈繫也表本茶陵本無此六字　注孔安國尚書傳曰表本茶陵本無孔安國三字傳作注　注撰考識表本茶陵本無此三字　注利傷行也表本茶陵本無此四字　注然古有此事未詳其本表本茶陵本無然此事其本五字

○上書諫獵○注說苑曰下至不避狼虎表本作孟賁已見上文茶陵本複出

非注郊之日表本茶陵本無此三字○上書諫吳王○注吳王初怨
望表本王下有之字是也茶陵本亦脫以直諫茶陵本以下有置字云五臣無表本云善有案漢書無此
尤刪之也善不當有但傳寫衍注臣改計取福何校去臣字陳同是也各本皆衍案漢書顏注引無
注論語曰天不可階而升也表本作論語猶天之不可階而升茶陵本作國語曰升天
之無階也案此處表表脩改似初同茶陵無以考也注顏師古曰表本茶陵本師古作監是也人
性有畏其影表本茶陵本影作景下及注皆同案景是影非漢書作景尤所見誤耳注孫卿
子以爲消蜀梁表本茶陵本無此八字欲湯之滄案滄當依漢書作倉注同各本皆譌
殫極之紞茶陵本紞作統注同表本所見與此同案漢書作統統是紞非也注極之綆幹
何校極上添盡字幹上添斷字陳同案漢書顏注引有手可擢而抓案抓當作拔漢書作拔表本茶
陵本作拔校語云善作抓各本所見皆非也善亦作拔與五臣無異上句擢而絕者橫絕之也此句擢而拔者直拔

之也擢訓引不得言引而抓可知也其注末善抓壯交切一音乃旣引廣雅解上句之搔爲抓而自音之與此句無涉不知者誤認而改二本據所見爲校語讀者莫察矣善自音注中字其字非正文所有如此者不一而足漢書顏此注云搔謂抓也搔音索高反抓音莊交反亦自音注中字而非正文所有又其可證者也 注橡樟初生何校橡改豫陳同是也各本皆誤 注磨也礱袁本茶陵本無此三字 注尚書注砥磨石也袁本作砥礪已見上文茶陵本複出非

○上書重諫吳王○注顏師古曰修恩義以撫戎狄袁本茶陵本無此十一字 不如山東之府何校云漢書作東山案各本皆作山東疑誤倒也注同 注張云錯互出攻案張下當有晏字各本皆脫 注錯出謂四方更輸交錯出獻之而行也案錯出二字當作則獻當作運上注則謂興軍遠行也解作軍之本此注則謂云云解作運之本各本皆誤 注臣瓚曰海陵縣名有吳太倉袁本茶陵本無此十一字 以偪滎陽袁本茶陵本偪作備袁校語云善作偪茶陵無

校語案漢書作備但傳寫誤爲偪耳　注膠東膠西濟北菑川四國王也發兵應吳楚　袁本茶陵本菑川四國作吳楚臨淄吳楚作此謀案各本皆有誤當依漢書顏注引作膠東膠西濟南淄川王也發兵應吳楚

○詣建平王上書○注沈約書曰　何校書上添宋字陳同是也各本皆脫

注馬遷悲士不遇賦曰　案馬上當有司字各本皆脫

注今乃知之　案今乃當作乃今各本皆倒

注轉用抵　案轉當作輒袁茶陵二本幷此入五臣仍作輒可借證

注對曰臣聞命矣　袁本茶陵本曰下有若不有廢君何以興欲加之罪其無辭乎案此節注二本幷五臣未必善有也

注弇堈曰　茶陵本堈下有弔字是也袁本作弇州子大誤案所引知北遊文也

注言固陋之愚也　陳云也心誤是也各本皆誤

身恨幽圄　袁本茶陵本恨作限是也梁書作限

是以每一念來　茶陵本是以每一念五字作每以一念四字校語云五臣作是以每一念袁本作是以每一念無校語案茶陵所見非也梁書作是以每一念來

注忽然亡生　茶陵本亡作忘

是也表本亦誤亡　注李陵與蘇武書曰下至而泣血也此二十八字表本茶陵本
無案蓋因已見五臣而刪削也　注則未可以論行表本茶陵本以作與是也　注裁日閱
數人表本茶陵本裁日閱作一日裁案此尤校改之也　注論衡谷口鄭子真表本茶陵
本衡作曰是也　退則虜南越之君何校云梁書退作次案所校是也各本皆誤　注以丹
書之信陳云以上脫申字是也各本皆脫　注補淮陽醫工長表本茶陵本淮陽作譙國
表醫作監茶陵無工字案此尤校改之也　注帝戲倫謂倫曰表本戲下去倫字是也茶陵本亦衍
注會稽餘姚人少有高名與光武同游學表本茶陵本無餘姚少有高名
游七字光武作世祖案此尤校改之也　照景飲醴而已表本茶陵本無而已二字是也梁書無
鵠亭之鬼表本茶陵本鵠下校語云善作鴻案二本所見非也或尤校改正之梁書作鵠　注命曰
丈夫丘案曰下當有五字各本皆脫　注五頭同穴表本同穴作共孔是也茶陵本作具存更

非○奉荅勅示七夕詩啟○注裴詭集有辨才論袁本詭作頠是也茶陵本亦誤詭○爲卞彬謝脩卞忠貞墓啟○注名教謂王隱隱淪謂翟湯袁本茶陵本無此十字注顏觸謂齊王曰案觸當作斶袁茶陵二本作蠋亦非說見前○啟蕭太傅固辭奪禮○昉啟何校昉改君陳同下君於庶品袁本茶陵本君作昉校語云善作君昉往從末宦校語亦云善作君蓋此三字善皆作君五臣改其下二字爲昉唯存第一字爲君故濟注有昉家集諱其名但云君云云而二本於此獨無校語也後乃并改成昉不但失善舊亦與五臣不相應甚非其君於品庶巳校正此及後仍沿各本之誤注然而遂亟之茶陵本無亟字是也袁本作極亦衍注喪祭无主袁本茶陵本喪作哀案此尤校改之也

卷四十○奏彈曹景宗○注廷尉王恢逗橈陳云尉下脫當字是也各本皆脫注金城西沂澗袁本茶陵本沂作泝下有曰塗二字是也尤初有脩誤去注壯士

猶戰不降表本茶陵本無戰字猶有轉戰無窮案有當作其表茶陵二本校語云善有其字尤所見非注毛詩曰旋車言邁表本作言邁已見潘岳金谷集詩是也茶陵本複出非此初同表脩改誤依複出注即主謹按表本茶陵本謹上有臣字案此尤校刪也注則臣當下讀也表本茶陵本無則字注上曰知獵狗乎曰知之表本茶陵本無此九字云云表本茶陵本無此二字有臣昉誠惶誠恐頓首頓首死罪死罪臣昉稽首以聞二十字案此似善五臣之異也○奏彈劉整○注宋吳興太守兄子也陳云守下有脫字各本皆同無以補也六斛表本茶陵本斛作斗案下文仍作斗疑斗是忽至戶前隔箔表本茶陵本云善無隔箔二字案二本所見是也此尤添之以五臣亂善分財表本茶陵本云財善作賦案此尤改之整兄弟未分財之前表本茶陵本云善無未字案此尤添之進責整婢采音劉案劉當作列下文云並如采音苟奴等列狀粗與范訴相應此即采音列也各本皆誤今特訂正范喚問

何意打我兒表本茶陵本云善無奐字案此尤添之婢采音及奴教子表本茶陵本云善無婢字案此尤添之進責寅妻范奴苟奴列表本茶陵本云善無苟奴字案此尤添之依下文蓋當有遇見采音表本茶陵本遇下校語云善作過案此尤改之注漢書郅都傳列侯宗室見都側目而視表本茶陵本郅都傳作音義曰見下有郅字而視作也案此尤校改之也薛包分財表本茶陵本云包善作苞案此亦以五臣亂善也注中字二本並作苞皆盡改作包非注東觀漢書曰陳云書記誤是也各本皆誤唯斅文通之僞迹表本茶陵本斅作傚案二本不著校語無以考也注高祖從王媼武負貰酒兩家表本茶陵本作高祖每貰酒歲更而酒家案此尤校改之也臣昉云云誠惶誠恐以聞表本茶陵本無云云二字以上有頓首頓首死罪死罪稽首十字案說已見前○奏彈王源○禮教雕衰表本茶陵本雕作彫案此尤本譌字注禮記曰三十壯有室表本茶陵本無此八字案

蓋二本因巳見五臣而節去尤有是也注禮曰天子袁本茶陵本曰作記案此當記曰兩有臣

實儒品袁本茶陵本儒作儒案此尤本譌字而託姻結好袁本無結字云好善作結茶陵本無好字云結五臣作好案此蓋尤校改兩存依文義善不當無好字而以而託姻結爲句二本所見必有誤校語未足據也注魏志滿寵袁本茶陵本志下有曰字是也注世說曰陳云說語誤是也各本皆誤

注謂無聞焉尓袁本茶陵本無謂字是也注連親婕也袁本茶陵本婕作姻案史記集解引作婚漢書南越傳顏注引孟康亦作婚皆與善不同索隱云連者連姻也恐尤延之以彼語校改復錯誤如此耳注魯桓齊穆何校齊改楚陳同是也各本皆誤注禮記曰晉文何校文改人是也各本皆誤注陸雲荅兄書曰高門降衡脩庭樹蓬何校書改詩此十四字茶陵有袁無案無者疑脫

○荅臨淄侯牋○脩死罪死罪袁本茶陵本不重死罪案此尤添之也自周章於省覽袁本茶陵本自作目是也何校云魏志注作目歸增其

貌者也表本茶陵本增作憎是也注修言己豈敢望下至故引之表本無此三十七字案無者是也茶陵本幷五臣入善此同其誤耳○與魏文帝牋○領主簿繁欽茶陵本無繁字袁本有案此疑善無五臣有二本失著校語而尤以五臣亂善注亦律調五聲之均也何校亦改六是也各本皆誤注漢書曰鄭聲尤集黃門按此有脫誤所引必禮樂志鄭聲尤甚黃門名倡丙彊景武之屬云云以注黃門也今誤甚爲集黃門下失去全非其舊耳注集樂之所案集上當更有黃門二字注漢書音義下至爲理樂表本無此十八字有已見長笛賦五字案表本最是已見長笛賦即指黃門集樂之所也茶陵本複出非注桓譚新論曰漢之三主內置黃門工倡案此十五字亦已見長笛賦不當有也各本皆衍注與左騶等案騶當作顛觀下注騶與顛同可見也顛即顛字今本魏志作願乃誤字耳○荅東阿王牋○注張叔及論案叔及當作升反說已詳前各本皆誤注吳越春秋曰干

將者吳人造劍二枚　表本茶陵本無此十四字

○荅魏太子牋

○歲不我與　表本茶陵本我與作與我案與我是也善注引歲不我與而正文自作與我即所謂不拘語倒之例前已詳論矣尤依注乙正文非

注魏文書曰　表本茶陵本魏文作文帝是也下同

伏惟所天　又注左氏傳下至臣之天也　表本茶陵本云善無伏惟所天案此不當無傳寫脫耳尤校添爲是二本并無注二十二字此所有未審何出

注項代曰　陳云代岱誤是也各本皆誤

遠近所以同聲　表本茶陵本聲下有也字何校添陳同是也

時邁齒載　案疑此載當作耋故注引左傳耋老表茶陵二本所載五臣良注載大也蓋載耋爲善五臣不同也又案漢書孔光傳犬馬齒載讀作耋或季重用彼成文然則善當有載耋異同之注今刪削不全

注尚書曰僂僂謹敬也　表本無尚字茶陵有案無者疑脫字耳作尚非也求通親親表注引亦誤

○在元城與魏太子牋

○西帶常山　表本茶陵本常作恒案此尤改之也

注漢書有恒山郡　表本茶陵本恒作常是也

下漢書恒山郡元氏縣同　注背漢之趙　陳云趙楚誤是也各本皆誤　注趙國之賢將也　下至趙所都也　表本此十六字作俱趙將也四字是也茶陵本并入五臣非此同其誤耳　女工吟咏於機杼　案女工當作工女以工女與農夫偶句也鄺食其傳紅女與景帝紀女紅迴乎有別觀善舍紀引傳較可知矣各本皆誤倒　注爾雅曰科條也　案爾當作廣各本皆譌此所引釋言文也　注賜書制詔　表本茶陵本書下有曰字是也　注後爲東郡尉　何校尉上添都字陳同是也各本皆脫　注爾雅曰貿易也　案爾當作小各本皆譌此所引廣詁文也　○爲鄭沖勸晉王牋○注魏帝高貴鄉公也太祖晉文帝也　表本茶陵本無此十三字案此不當無或二本脫　注武王以平商　表本茶陵本以作已是也　注公羊傳曰魯人至今以爲美談　表本此十二字作美談已見上文是也茶陵本複出非　注漢北地郡有靈州縣　表本茶陵本漢下有書字是也　注上親臨西園　表本園作圍是

也茶陵本亦誤圍注迴戈聊指案聊當作邪各本皆誤今大魏之德表本茶陵本無
今字陳云今晉書作令爲是案此尤校添而復譌其字耳注吾誰與之爲鄰表本茶陵本無之字
是也所引山木篇文○拜中軍記室辭隋王牋何校隋改隨陳云隋隨誤表茶陵二本作
隨表有校語云善作隋茶陵無校語案陳何似但據茶陵改耳下注盡作隋表所見是矣注謝朓何校朓改
朓陳云朓並當作朓案已見前注言密服義之情也表本茶陵本無此七字案無者最是尤誤
取增多最非凡此類俱顯然可知者也注好宮室苑圃之樂何校圃改囿是也各本皆譌
注後遷西將軍陳云西上脫鎮字是也表本亦脫茶陵本并入五臣更非注韓詩外傳
簡王曰案王當作主各本皆誤注而失簪表本失作亡是也茶陵本并入五臣作失非注
左右曰下至無相弃者表本無此二十五字有衽席而甚切五字案表本是也茶陵本并入五臣
與此同皆非注衽席乃單席也表本無乃字是也茶陵本并入五臣仍未衍案衽下席字亦不

當有上善音同蓋皆涉正文而誤添　○到大司馬記室牋　○斯言不渝表本茶陵本云言善作其案尤改之也梁書作言　注漢書衛青曰下至國之不幸表本此二十七字作多幸已見上文六字是也茶陵本複出非　注聖人無名司馬彪曰神人無功表本茶陵本無此十二字案此尤校添之也　○百辟勸進今上牋　○注史記曰司馬遷自序何校去曰字陳同是也各本皆衍　注於是夫負妻戴表本茶陵本無夫字戴字　注即田雞水畔表本茶陵本無此五字　注破左輿衆十萬於鍾山陳云輿下當有盛是也各本皆脫　注說文曰黧黑皺也古典切表本茶陵本無此十字　注魯班之子案子當作号各本皆譌今宋策注號号即號別體也　注殷或女妲己表本茶陵本無女字　注建牙陳伐案陳當作東各本皆譌　注楚辭曰下至舞馮夷表本茶陵本無此十五字案此蓋因已見五臣而節去　注況貪天功茶陵本天下有之字表本

并入五臣仍未脫　注樂廣曰下至何爲乃爾　表本此十四字作名教已見上文茶陵本複出非　注孫綽子曰下至雅鄭異調　表本此十七字作雅俗已見上文茶陵本複出非　驅

盡誅之氓　表本茶陵本云氓善作萌案此以五臣亂善說詳前　注論語曰下至是誰之

過歟　表本茶陵本無此三十六字案此蓋因已見五臣而節去　注王暢誄劉表　陳云當作劉表誄王暢魏志劉表傳注引謝書甚詳是也各本皆誤　○詣蔣公○注而辟之　茶陵本而下有倣儻爲志高問掾王默然後十一字表本并入五臣略同　注濟大怒　茶陵本怒下有王默默懼與籍書勸說之十字表本并入五臣略同　注復爲尚書郎下至不得言而已　表本茶陵本無此四十六字　猥見採擢無以稱當　表本茶陵本作猥煩大禮何以當之案此尤依晉書改但選文未必全同彼耳　補吏之召　表本茶陵本召作日何云晉書作召

卷四十一○荅蘇武書○注緑幘傳鞲注曰　表本茶陵本無鞲注二十字

案依顏注訂之當脫講韋昭三字尤所補未是故每攘臂忍辱袁本茶陵本云善無每字案此尤延之校添以五臣亂善耳注子曰申生虛死陳云子下脫犯字是也各本皆脫注遷處

蜀道著青衣陳云著字衍是也各本皆衍注吏侵之益怒茶陵本怒作急是也袁本亦誤怒注顯居臣上何校顯改顧陳同是也各本皆誤○報任少卿書○注

爲衛將軍何校軍下添舍人二字陳同是也各本皆脫若望僕不相師而用流俗人之言袁本茶陵本云而用善作用而案二本所見是也用句絕而下屬漢書有明文然則善自與彼同而非有誤尤所校改以五臣亂善失之甚矣注晉陽之孫案晉下當有畢字各本皆脫注若

煩務也陳云若苦誤是也各本皆譌漢書顏注引作苦得竭至意袁本茶陵本至作志案二本所載良注是志字未審善何作漢書作指注不假修人事也案假當作暇各本皆譌注顏

師古曰袁本茶陵本無師古二字案此當脫監字尤所補未是下注師古監錯見監是師古非注顏

師古曰徇從也營也表本茶陵本無此九字 注李奇曰拳者弩弓也茶陵本拳作卷表本亦作拳案正文作拳善注先如字解之復引顏師古云云乃解爲卷字所以兼載異讀此李奇曰即顏所引當作卷不當作拳漢書注亦可證也 注以爲置蠶宮令承陳云令承當作令丞是也各本皆誤 注皆虫之微者故以自喻茶陵本虫之微者作微蟲也遷是也表本并入五臣與此同非凡此篇表本多并入五臣茶陵本及此未誤皆不更出也 注西伯積善累德表本茶陵本無累字案下引有尤校添也 注人有變告信欲反茶陵本有下有上字是也表本亦脫 注禮甚卑茶陵本禮作體是也表本亦誤 注知其謀反告之案反字不當有各本皆衍 注會孺有服何校孺上添仲字陳同是也各本皆脫 注長史曰陳云長上脫召字是也各本皆脫 注敗敵所破虜案破當作被各本皆譌漢書注引作被 注羌人以婢爲妻案羌當作善各本皆譌 注男而歸婢陳云歸當作婿是也各本皆誤此方言文也 注女

而歸奴陳云歸當作婦是也各本皆譌方言文注爲楚懷王左司徒陳云司字衍案各本皆同陳據今史記校也考集解索隱無明文唯正義注云云其本無司字或善讀史記有未當輒去注莫爲王也陳云爲上脫能字下衍王字案亦據今史記校也或王當作之而各本皆譌注爲八覽十二紀三十餘萬言案覽下當有六論二字三當作二各本皆脫誤巳就極刑表本茶陵本巳作是以二字是也漢書作是以注吾聞之於政也何校政改故是也各本皆譌今雖欲自雕琢何校琢改瑑案漢書作瑑何據之校但選文未必全同如上文脩身者智之符也漢書作府大氐聖賢發憤之所爲作也漢書作氐善與顏兩家所注各有明文判然不合此但顏作瑑耳善果何作無以考之不得定其當爲瑑也凡何校之非多不出其舉隅者如此○報孫會宗書○注漢書楊惲下至惲乃作此書報之案此一節注當有誤如本傳惲自以兄忠任爲郎補常侍騎則云以才能稱譽者決非善引漢書矣漢書云家居此云遂即歸家閑居殊不成語必各本皆失其舊也注氐

致也袁本茶陵本無此三字案蓋因已見五臣而節去也注猥猶曲也袁本茶陵本此節注幷入五臣較多不同案以尤爲是也又不能與羣僚幷力袁本茶陵本幷上有同心二字案二本無校語似善與五臣無異但尤所見脫之也漢書有勠力耕桑茶陵本勠作戮注同袁本皆作勠案戮即勠假借或善戮五臣勠尤校改之也漢書作勠雅善鼓琴袁本云善作琴茶陵本云五臣作瑟案各本所見皆傳寫譌也漢書作瑟即所謂趙之鳴瑟不得作琴明甚注而遇民亂也陳云民昬誤是也各本皆誤注爲衆惡毀所擧何校擧改歸陳云擧歸誤是也各本皆誤常恐困乏者茶陵本恐下有之字云五臣無袁本云善有案有者不可通二本所見傳寫衍也漢書無稟然皆有節槩袁本茶陵本稟作凜案二本所載五臣良注作凜漢書作漂顔音匹遥反善不必與漢書全同或自作稟歟注毛詩曰陳云詩下當有序字是也各本皆脫○論盛孝章書案此書當在後下與彭寵書當在前今乃季漢之文越居建武以上必非善舊甚明各本皆同卷首子目亦然未知其誤始自何時也注

徽爲都尉何校爲下添騎字是也各本皆脫注人誰不安案不當作獲各本皆誤注曷爲不言蓋狄滅之表本茶陵本無蓋字是也注此其所以伐殷王陳云伐代誤是也各本皆譌正之術表本茶陵本重之字云善無一之字案各本所見皆非此但傳寫脫○爲幽州牧與彭寵書案此書當在前說見上注漁陽太守何校守下添彭寵二字陳同是也各本皆脫注陳遵劉竦陳云劉張誤是也各本皆誤內聽嬌婦之失計表本茶陵本嬌作驕是也後漢書亦是驕字注或本云永爲羣后惡法今檢范曄後漢書有此一句何校云改無陳云云疑當作無今案何陳所說非也一當作二各本皆誤或本云永爲羣后惡法者謂正文二句本或作如此一句也今檢范曄後漢書有此二句者謂其與或本云者不合而與正文合也正文不云永爲羣后惡法不得如何陳所改作或本無甚明○爲曹洪與魏文帝書○注如陳琳所敘爲也何校如改知陳同是也各本皆譌辭多不

可一一袁本茶陵本下一作二案二本是也此尤誤改之注既皆輕細茶陵本既皆作尤爲是也袁本作既無亦非注爾雅曰繒之細者案爾當作小各本皆譌此所引廣服文注

肆蠱蠹之政袁本茶陵本蠹作惑是也注武王克殷陳云克伐誤是飈也各本皆誤

奪霆擊袁本茶陵本奪作奮云善作奪案各本所見皆非也奪但傳寫誤注東觀兵於孟津袁本茶陵本孟作盟是也注左氏傳趙孟曰老夫罪戾是懼案此十二字不當有老夫篇首已注訖矣各本皆誤注而齊女善歌袁本茶陵本女作右案女字非也注詣

孫菘菘曰案二菘字皆當作崧國志注引作崧可證也各本皆譌夫綠驥垂耳於林坰案林坰當作作坰牧袁本茶陵本作坰牧校語云善有林字無牧字案善引周禮以注牧作坰牧與五臣無異甚明各本所見皆非也尤本又割注周禮有牧田一句入下節益非二本此注通爲一節固未誤也顧盼千里袁本茶陵本盼作眄云善作盼案各本所見非也盼但傳寫誤

卷四十二○爲曹公作書與孫權○注吳書曰孫策下至望得來同事漢也案此一節注恐非善舊各本皆同無以訂之注舉茂才案舉下當有權字各本皆脫注故云屬本州也表本茶陵本云作不是也羞以牛後何校後改從陳云據注則正文中後字當作從案何陳所校是也表茶陵二本所載五臣向注作後各本皆以之亂善而失著校語史記傳寫譌爲後今本國策亦然故五臣改從爲後耳注楚公子圍聘于鄭茶陵本圍作圍是也表本亦誤圍注明者見於未萌案見下當有兆字各本皆誤注張兵迎信陳云張引誤是也各本皆誤適以增驕案驕當作憍表本茶陵本云善從心此以五臣亂善漢隗囂納王元之言案漢字不當有表本茶陵本云善有漢所見皆非也注行西河五大郡大將軍事何校西河改河西下同五下去大字陳同是也各本皆誤○與朝歌令吳質書○注爾雅曰局近也表本茶陵本爾作小是也○與吳質書○注

弱謂之體弱也何校上弱上添氣字陳同是也各本皆脫光武言表本茶陵本言上有有字何校添案魏志注所載無或尤依彼刪耳古人思炳燭夜遊何校炳改秉表本茶陵本作秉云善作炳案各本所見皆非也注引古詩爲注而云秉或作炳然則正文非炳明矣魏志注所載亦是秉字○與鍾大理書○注王逸正部論曰何校正改玉陳同今案隋志子儒家梁有王逸正部論八卷亡何陳所改非也注荀宏字仲茂爲太子文學何校宏改閎學下添掾字陳同案據魏志荀彧傳注也各本皆脫誤○與楊德祖書○前書嘲之表本茶陵本前下有有字案魏志注引典略作爲此尤欲依彼校改去有失添爲耳吾亦不能忘嘆者表本茶陵本忘作妄云善作忘案各本所見皆非也忘但傳寫誤魏志注引典略亦作妄吾未之見也表本茶陵本云未之善作之未案魏志注引典略作未之尤依彼校改正之也乃可以論其淑媛表本茶陵本其作於案此尤誤改也下乃可以議其斷割表茶陵二本其作於校語善作其不得幷改此句魏志注引典略二字皆

作於注吕氏春秋曰下至晝夜隕而不去表本茶陵本無此四十二字案此蓋因已見五臣而節去也注其事該陳云該核誤是也各本皆譌非要之皓首何校非改此云魏志注作此案非或傳寫誤耳○與吳季重書○注毛詩曰彌終也表本茶陵本無此六字注出自陽谷案陽當作湯各本皆譌和氏無貴矣表本茶陵本氏下有而字案此蓋尤依篇末善注刪之也夫君子而知音樂古之達論謂之通而蔽茶陵本知上有不字表本無又二本校語云五臣無此三句案詳篇末善注今本以墨翟不好伎置和氏無貴矣之下云云是其本無此三句恐是後來取善引植集此書別題云者而添之耳各本所見及校語皆非注趙告謂趙王曰何校告改造是也各本皆誤注今本以墨翟之好伎何校之改不陳同是也各本皆誤注相映耳表本茶陵本映作應也○荅東阿王書○注而知衆山之邐迤也表本邐迤作峛崺是也茶陵本與此同案此依正文改注之誤注所無

不有何校所無改無所陳云所無當乙今案或衍所字注王逸曰嫫母醜女也表本茶陵本無此八字注叔段賦蟋蟀表本叔作印是也茶陵本亦誤叔○與滿公琰書○陽書喻於詹何茶陵本書作畫表本亦作書注同案此所引說苑政理篇文今本作畫考古人名書者多矣恐茶陵本乃用今本說苑所改書未必非畫未必是也注味薄而美茶陵本而下有不字是也表本亦脫○與侍郎曹長思書○注爲御史司空何校史下增大夫大三字陳同是也各本皆脫注楚宰蘧啟疆陳云宰上脫太字是也各本皆脫○與廣川長岑文瑜書○注煎沙爛石表本爛作爍是也茶陵本亦誤爛○與從弟君苗君胄書○注此書言欲歸田故報二從弟也表本茶陵本此節注上無善及五臣名詳語意乃五臣而非善凡篇內自明之旨題下注又贅出必皆五臣混入者若尤定此注入善則二本尚未全誤也曠若發矇案矇當作蒙善注中皆作蒙又所引如淳漢書注以物蒙覆其

頭云云是其本作蒙之明證也長楊賦作矇用字不同彼注矇與蒙古字通云云蓋仍從蒙字解之然山父

不貪天地之樂案地當作下袁本云善作地茶陵本云五臣作下各本所見皆非也善引非以貪天下也爲注作下甚明地字不可通但傳寫誤耳注譙周古考史曰何校考史作史考是也各本皆倒

注然後有官小史案官下當有師字史當作吏各本皆脫誤注何其盛矣袁本茶陵本矣作也是也注論語曰下至而食之袁本茶陵本無此五十五字注鄭朗曰案朗當作朋各本皆誤此引蕭望之傳文也

文選考異卷第七

文選考異卷第八

賜進士出身通奉大夫江南蘇松常鎮太等處承宣布政使司布政使胡克家撰

卷四十三〇與山巨源絶交書表本茶陵本下有一首二字案有者是也此卷各題下全無卷首所列子目亦然皆脱説見前注以成曹君子曰何校重君字陳同是也各本皆脱注英雄記曰陳云王粲英雄記皆記漢末英雄事尚子平乃建武中隱士不應載入當是誤也今案此疑英賢譏之文各本皆譌少加孤露何云晉書作加少案加少是也各本皆誤倒注飲無求辭案辭當作亂各本皆譌吾不如嗣宗之賢何校賢改資陳云賢資誤案所校是也注云資材量也不得作賢甚明晉書正作資注濕病也表本也下有俾利反三字茶陵本亦有反作切案此眞善音也正文下必瘵切乃五臣音尤存彼删此非又不喜作書表本茶陵本無又字案二本不著校語晉書此在所節去中無以考之雖瞿然自責案瞿當作懼表本云善作瞿茶陵本云五臣作懼各本所

見皆傳寫誤也善自作懼與五臣同故引惠帝贊懼然作注今各本并注中亦誤爲瞿非懼瞿同字耳晉書在所節去中

注則瞿然袁本茶陵本然下有晉灼曰瞿音句六字是也尤誤刪改作音句入正文下又瞿皆當作懼今漢書正作懼師古曰懼讀曰瞿

必不可以爲輪袁本云善無必字茶陵本云五臣有必字案此或所見不同否則尤添之耳晉書在所節去中

注王隱晉書曰紹字延祖十歲而孤事母孝謹袁本茶陵本首有晉諸公讚曰康子劭八字紹作劭無十歲而孤事母孝謹八字案二本是也此尤延之校改而誤

注常衣濕黂案濕當作緼各本皆誤此所引楊朱文以下多互異義可兩通不更詳出

○**爲石仲容與孫皓書**○**注君子見幾而作**袁本幾作機是也茶陵本亦誤幾正文是機字

注荼與塗字通用袁本茶陵本塗下有古字是也

注天祿乃始案乃下當有茲字各本皆脫弔魏武文引有

注逆於遼東茶陵本東作隧是也袁本作遂

亦乘桴滄流茶陵本流作海袁本作流與此同何校流改海陳云流海誤晉書作海案袁本茶陵本所非

載五臣濟注云滄流海也似五臣作流二本失著校語尤亦以之亂善也交疇貨賄表本云善作疇茶陵本云五臣作酬何云晉書作酬今案疇疑疇字之誤注往來贍遺何校贍改賂陳云贍當作賂案所校據魏志是也各本皆誤注景初三年遣大司馬宣王案三當作二大當作太下脫尉字各本皆誤此所引明帝紀文也注權實堅子何校堅改豎是也各本皆譌注冞深也表本茶陵本下有音彌二字案有者是也乃與善音而誤刪注勒維等令降於會案勒當作勑各本皆誤鍾會傳可證今日之謂也表本云善無也字茶陵本云五臣有案此尤添之耳然主上眷眷何校上改相晉書作相案主謂魏帝相謂晉王似所改是也崇城自卑案自當作遂茶陵本云五臣作自表本云善作遂晉書作遂尤以五臣亂善非若侮慢不式王命案晉書若下有猶字此當有讀以四字爲一句各本皆脫也注醫病不以湯液陳云醫下脫有俞附醫四字案所校是也此引以注正文俞附各本皆脫○與嵇茂齊書○注老子曰雎雎陳云

曰下脫而字是也各本皆脫 注陳琳武軍□賦曰 表本軍□作庫是也茶陵本作庫車衍車字此亦初衍而脩去軍即庫字誤 斯所以怵惕於長衢按轡而歎息也 表本茶陵本也上有者字案晉書無按轡而歎息陳云據注則此五字衍是也必五臣因注云本或有於長衢之下云按轡而歎息者故添六字以異於善二本先著校語也詳此本乃脩改增多是初刻無而所見仍不誤尤延之不察輒取五字於是善以五臣亂之矣當加訂正 注范曄後漢書 表本茶陵本無此五字是也案說已見前

○與陳伯之書○注征人伐鼓 案征當作鉦各本皆誤 注沇迷領簿 陳云領簿當乙是也各本皆倒 注謝承後漢書曰 表本茶陵本承作沇是也 注爲喋血 表本茶陵本血下有渉與喋同丁牒切七字是也無正文渉下丁牒切與喋同六字案此割裂善音之誤說已詳前 注及迷塗之未遠 此節注後表本有注一節云周易曰不遠復無祇悔在正文先典攸高下是也茶陵本并入五臣而誤刪削此本誤與之同 注建節敕出關 表本茶陵本敕作東是也 注

故殷陟配天陳云陟上脫禮字是也各本皆脫注屠各取豪貴陳云取最誤是也各本皆誤注羌胡名大師爲酋案師當作帥各本皆譌注袁宏漢獻帝春秋何校宏改暀陳同各本皆誤案隋經籍志云十卷袁暀撰可證也注援兵登陴袁本茶陵本陴下有陴婢移切四字無正文陴下婢移切三字是也注秦必可亡西河袁本茶陵本無可字是也注使將軍莊鎬陳云鎬蹻誤下同是也各本皆譌

○重荅劉秣陵沼書○

注芳至今猶未沬案芳當作芬各本皆譌注沬巳也袁本茶陵本也下有亡蓋反三字案此眞善音正文沬下昧字乃五臣音也尤誤刪此存彼注思王歸國京師陳云思字當在國字下是也各本皆倒

○移書讓太常博士陳云題前脫移字一行是也各本皆脫又卷首子目亦然注爲羲和京兆尹卒案卒字不當有各本皆衍漢書云後事皆在莽傳可證也講論其議案議當依漢書作義各本皆誤又案注論議相對議亦當作義也責讓之曰袁本茶陵

本此下提行另起是也

書缺簡脫　表本有校語云善作脫簡案表所見誤也茶陵本無校語與此皆不誤漢書正作簡脫

孝成皇帝　表本云善無皇字茶陵本云五臣有皇字案此尤延之校添也漢書有皇字

或脫編　表本作傳或間編云善無傳字間作脫茶陵本云五臣有傳字脫作間何云漢書作傳或間編案此恐善與漢書同各本所見皆傳寫誤也

以尚書爲不備　案當依漢書去不字此所引臣瓚漢書注甚明又孔叢云唯聞尚書二十八篇取象二十八宿云云然則今文尚書家有爲此說者也

然孝宣帝　茶陵本云五臣作宣表本云善作皇何校宣下增皇字案漢書作孝宣皇帝

注梁丘字長翁　表本丘下有賀字是也茶陵本亦脫

○北山移文○

注周宣王太子晉也　何校宣改靈是也各本皆誤

偶吹草堂　表本茶陵本偶作藕案五臣作藕善作偶注皆有明文二本不著校語非也唯此本爲未誤或尤校改正之

注皆銀印墨綬　表本茶陵本銀作銅是也

注江水東至會稽山陰爲浙右　陳云似不當言爲浙右疑有誤也案陳所說最是右當作江考說文

水部浙字下與善所引字書文同可證右字必涉正文誤改也道帙長殯茶陵本云五臣作擯表本云善作殯何校殯改擯案長殯與下久埋偶句殯字是矣何改非磵石摧絕無與歸茶陵本云五臣作澗戶表本云善作磵石案此與下石逕偶句文必相迴避各本所見石字必傳寫誤恐善自作磵戶秋桂

遺風表本茶陵本遺作遺是也何校遺改遺注船舷也陳云船上脫叩字是也各本皆脫

卷四十四○喻巴蜀檄○注拜之而後稽顙陳云之字衍是也各本皆衍注莫不來享案莫下當有敢字各本皆脫注番禺南海郡縣治也案縣字不當有漢書注無史記索隱引亦無皆可證注太子即嬰齊也案依他篇如韋孟諷諫之例當有善曰在太字上以分別顏注表茶陵二本此篇以善與舊注相連乃合弁六家體例之不畫一者尤仍之耳又每節首非舊注皆當有之尤槩刪去亦與他篇例歧也後難蜀父老荅客難等皆放此西僰之長表本僰下有犍字其校語云善脫犍字茶陵本云五臣有犍字案犍五臣妄添也史記漢書俱無此注引文穎曰犍爲縣者謂

地理志犍爲郡之僰道縣也說文僰下亦云犍爲蠻夷也以犍爲縣注僰非正文別有犍字袁本所著校語更誤中之誤注興制謂起軍法制追將帥也袁本追作誅茶陵本無此注弁入五臣也案史記索隱亦引張指此注誅字是功烈著而不滅袁本云善作列茶陵本云五臣作烈案此尤延之校改正之也史記漢書皆作烈但傳寫譌爲列耳後篇烈士立功之會封禪文休烈浹洽二本校語同尤皆校改○

爲袁紹檄豫州○注魏志曰下至而不責之袁本此一節注與所載五臣翰注略同其善曰下作魏志曰琳避難冀州袁紹使典文章袁氏敗琳歸太祖太祖曰卿昔爲本初移書但可罪狀孤而已惡惡止其身何乃上及祖父邪琳謝罪太祖愛其才而不咎六十一字是也茶陵本云善同翰注此条其誤爲弁善於五臣耳注閔子騫曰袁本騫作馬是也茶陵本亦誤騫獮狡鋒協何校協改俠云魏氏春秋作俠案裴松之注魏志紹傳所引也考後漢書紹傳載此文亦作俠但二書文略同而與此多異善注未有明文無以考之也注董卓字仲穎下至呂布誅卓袁本無此三十八字有董卓巳見西

征賦七字是也茶陵本有乃複出 注以攻卓 表本作將以誅董卓案考魏志云將以誅卓似表本仍衍董字茶陵本作以攻卓誤與此同 注魏志作獎蹴蹴成也 陳云魏志旣與文選同似不必贊引當云後漢書作獎就就成也文義乃安案魏志無此文唯裴注引魏氏春秋耳此注必有誤各本皆同無以訂之兩蹴字陳所校是也 注賈逵國語曰 表本茶陵本語下有注字是也 注氣厲流行 陳云氣氛誤是也各本皆譌 注魏志曰太祖在兗州 表本志作書案此尤校改但未必非引王沈魏書也茶陵本刪此注更非 注董卓徙天子都長安 此八字表本茶陵本無葢因五臣已有而刪之也尤所見者是矣 注應劭漢官儀曰 表本茶陵本無應劭二字 厥圖不果爾乃大軍 茶陵本爾作耳云五臣作爾表本云善作耳案此尤校改也詳文義作耳者當句絕魏氏春秋後漢書此處節去無以相證恐尤改未必是 欲以螗蜋之斧 茶陵本螗作螳注同表本亦作螗其所載五臣銑注字同善注字作螳案據此似善螳五臣螗也魏氏春秋後漢書亦作螳 注外甥高

翰表本翰作幹是也茶陵本亦誤翰

皆自出幽異表本茶陵本自出作出自是也案此尤本之誤耳

注漢書以旅為助案此注亦有誤後漢范蔚宗書所載此處節去未審善所稱漢書當何指也各本皆同無以訂之矣

○檄吳將校部曲文

○注閔子騫之辭何校騫改馬是也各本皆誤

下愚之蔽也表本云善無下字茶陵本云五臣有下字案此尤延之校添也

注李湛何校湛改堪下同陳云湛堪誤案據國志校也各本皆譌

注丁斐曰放馬陳云曰因誤案據國志校也各本皆譌

注漢寧何校漢上添領字寧下添太守二字陳同案據國志校也各本皆脫

而建約之屬何校之改支茶陵本云五臣作支表本云善作之案詳文義當作支或各本所見傳寫誤為之也

夫鷙鳥之擊先高茶陵本作擊鳥先高四字校語云擊五臣作鷙有之擊字表本校語云鷙善作擊無之擊字案二本校語是也尤本此處脩改乃誤取五臣以亂善

注建安二十一年留夏侯淵表本茶陵本無一字案二本是也此所引武帝紀文

官渡之役茶陵本云五臣作渡表本

云善作度案尤本以五臣亂善非擬鄴中集詩九錫文皆可互證也擧事來服茶陵本事作縣是也袁本亦誤事注尚書曰伊尹陳云書下脱序字是也各本皆脱及諸將校袁本茶陵本及作又是也注跌蹈而去案跌當作泆各本皆譌此所引趙策文○檄蜀文○注後爲司徒袁本無後字有伐蜀平之四字是也茶陵本無此節注乃并入五臣尤本此處脩改蓋初亦無後校補也注有太武皇帝陳云太當作司奏二字是也各本皆誤注君子曷爲春秋案爲字當重各本皆脱注宰輔司馬文王也此七字袁本茶陵本無案亦因五臣已有而刪之也尤校添是矣興兵新野袁本云善作新茶陵本云五臣作朔何校新改朔案魏志鍾會傳所載正作朔朔謂涿郡是也新字善無注傳寫誤耳二本據所見爲校語非興隆大好何校興改與案魏志作與與字是也詳袁茶陵二本所載五臣翰注似其本作興各本所見皆以五臣亂善而失著校語注姜維寇圯陽何校圯改洮案改者是也此所引三少帝紀文此皆諸君所備聞也袁本茶陵本君

作公何校改賢案魏志作賢此與志亦有小異凡兩通者宜各依其舊何改未是餘不悉出　注見危於未萌　表本茶陵本無危字陳云危兆誤是也　注欽子鴛　茶陵本鴛作鴦是也表本亦誤鴛鴛下同

○難蜀父老○注鄭元曰　陳云元當作德今案當作氏各本皆誤　注尚書曰黎民　表本尚上有善曰二字茶陵本在此節注首案表本是也說見喻巴蜀檄下餘條依此例求之不更出　脩誦習傳　何云漢書脩作循陳云當作循案史記亦作循古書二字多互誤何陳所校是也表茶陵二本亦誤　注鄧展子曰　陳云子字衍是也表本展子作子展茶陵本亦作展子皆衍　注出蜀西徼外　陳云西當作廣平是也各本皆誤案說文沫下作西江賦注引故或以改此其實張揖自作廣平顏注及索隱引可證　注出廣平徼外出旄牛　陳云當作出旄牛徼外是也各本皆誤顏注及索隱引可證　注鑿通山道　案山上當依顏注引有靈字各本皆脫　注出登縣　陳云登上當有臺字是也各本皆脫案顏注引可證　注作獨梁　表本茶陵本獨作橋是也　注智梅憤切　案憤當作

憒各本皆譌索隱曰曶音妹梅憒即妹之反語也憒字不可通注字林音勿何校勿改忽案所改是也索隱引正作忽顏注亦音忽猶鷦鵬已翔乎寥廓之宇表本云善有之宇二字茶陵本云五臣無案史記漢書皆無依文義不當有恐但傳寫衍各本所見非也而羅者猶視乎藪澤表本云善無乎茶陵本云五臣有乎案史記漢書有恐但傳寫脫尤校添是也注爾雅曰陳云爾廣誤是也各本皆誤注空廓寥寥也陳云當作廓空也是也各本皆誤於是諸大夫茫然表本云善作芒茶陵本云五臣作茫案史記作芒漢書作茫尤蓋依漢書校改也遷延而辭避表本云善作退茶陵本云五臣作避案史記漢書皆作避尤校改是也

卷四十五○對楚王問○而魚有鯤也表本茶陵本云鯤善作鱗案所見傳寫誤尤校改正之也○荅客難○注推意放蕩何校推改指陳同是也各本皆誤漢書可證尚有遺行邪表本茶陵本云邪善作也案今漢書亦作邪尤延之據之校改考古也邪二字同用

表茶陵所見自不誤尤改爲未是**相擒以兵**何校擒改禽案所改是也漢書作禽以表茶陵二本餘篇校語例之大略善禽五臣擒此以五臣亂善也**外有倉廩**案倉廩當作廩倉表茶陵二本云善作倉廩與此皆所見傳寫倒也漢書作廩倉倉字韻**天下平均**茶陵本作平均有校語云善作均平表本作均平無校語案漢書無此句注亦無明文未審善果何作**傳曰天下無害**表本茶陵本害下有菑字表本有校語云善無茶陵本無校語案各本所見皆有誤也菑字韻與下文才字協蓋善當是作天下無菑也又案陳云傳曰七句漢書無凡他書所有之文與此或相出入但可借以取證不得竟依彼校此斯其例矣**注燕時以禮待之遂委質爲臣下**陳云時王誤禮上脫客字下字衍是也此所引樂毅傳文**注**

競弁天下案競當作竟各本皆譌**注服虔曰筦音管**此六字表本茶陵本無案二本以善音而誤刪也下文穎曰筳音庭及如淳曰聽音精服虔曰颮音勡亦然凡善音二本誤刪而此仍有者餘不悉出**注說文曰靡**案靡當作糜各本皆誤

○**解嘲**○**時雄方草創太元**

何校去創字云漢書無案表茶陵二本所載五臣濟注云草創是其本有此字恐各本所見以之亂善而失著校語耳

獨說數十餘萬言 案漢書無數字此不當有表茶陵二本所載五臣向注有之是其本誤衍後又以之亂善

客徒朱丹吾轂 何校徒下添欲字表本茶陵本云善無欲字案漢書有此傳寫脫校語非

注故齊人號談天鄒衍 案鄒字不當有各本皆衍顏注引無可證也

注在金城河閒之西 何校閒改關陳同是也各本皆誤

後椒塗 表本茶陵本椒作陶云善作椒何校云椒漢書作陶師古曰有作椒者乃流俗所改陳同今案何陳所校非也顏本作陶具見彼注善此引應劭曰在漁陽之北界與顏義迥別蓋應氏漢書作椒顏所不取而善意從之也若以顏改善是所未安凡選中諸文謂與他書必異亦非必同亦非其爲例也如此

注以爲親行三年服 茶陵本以作不是也表本亦作以漢書注引以不兩有皆非

注孫卿子曰仲尼之門五尺豎子羞言五伯 表本無此十六字有五尺童子已見李令伯表十字是也茶陵本複出非

注秦穆公聞百里奚

陳云奚下脱賢字是也各本皆脱　注則可抵而取之　袁本此下有善曰爾雅曰窒塞也八字是也茶陵本無亦脱　處乎今世　案漢書無世字此不當有各本皆衍　位極者高危　何校高改宗袁本云善作高茶陵本云五臣作宗案漢書作宗宗字是也高字傳寫誤　抵穰侯而代之　案抵當作抵注引說文曰抵側擊也音紙是善字作抵抵又顏注引蘇林曰抵音紙亦當作抵今本漢書作抵與此同誤又上文引李奇注則可抵而取之各本皆作抵此二字多混也　顩頤折頞　案顩漢書作頷師古曰頷曲頤也音欽善引韋昭曰曲上曰顩欽甚切疑正文及注二顩字皆當作顉顉頷同字故顏音欽韋音欺甚也袁茶陵二本正文下音綺險乃五臣作顩之證各本以之亂善其實依韋讀當從金不作顩又諸字書多顉頷顩並收蓋漢書別有作顩之本故五臣用以改善耳　注三年之喪卒　案卒下當有哭字各本皆脱　注左氏傳曰召公　何校召下添穆字是也各本皆脱　響若坻隤　案坻當作坻應劭本漢書作坻音丁禮反韋昭本漢書作坻音是善意從韋故又引字書巴蜀名山堆落曰坻也各本正文從應注中亦一槩盡作坻皆

誤當訂正顏注漢書作阺云阺音氐巴蜀人名山旁堆欲墮落曰阺應劭以爲天水隴氐失之矣氐音丁禮反所言更顯然易知說文氐下云云即字書所本引此作氐韋昭本與之合吳都賦劉淵林注引此作坻與應劭本合彼此不可互證實讀古書之通例矣

雖其人之膽智哉 表本茶陵本膽作贍云善作膽陳云漢書作贍又東方朔贊贍智宏才善注仍引此文則膽字乃傳寫譌案所校是也又馬汧督誄才博智贍注引同亦可證

東方朔割炙於細君 案炙當作名注割名割損其名也今二名字亦誤炙漢書作名顏注云割損也言以肉歸遺細君是損割其名蓋唯朔傳言割肉而雄謂之割名故須此注若如今本作割炙而注云割炙割損其炙殊非注體表茶陵二本所載五臣良注云炙亦肉也是其本作炙又附會爲亦肉之解各本皆以之亂善而失著校語後幷注中字改爲炙而讀者不知善自作名矣今特訂正之

○**荅賓戲**○**躬帶紱冕之服** 案漢書無紱字詳善注亦不及紱必各本皆傳寫誤衍也

注師古曰帶大帶冕冠也項岱曰 表本茶陵本此十二字作項岱曰帶大帶也七字是也尤誤用今本顏注校改耳又案凡引顏

注以長楊賦注證之善自稱顏監今他篇作顏師古者經後人改之此作師古盆誤中之誤矣

注翼鱗皆謂飛龍　表本翼上有善曰二字是也說已詳前茶陵本刪此節注非

徒樂枕經籍書　案籍當依漢書作藉各本皆譌

注晉灼曰以亘爲絚　陳云曰字衍是也各本皆衍又案據此似正文當作亘上注當作亘音亘竟之亘今皆作絚者依晉灼改之而誤茶陵本校語云五臣作亘表本云善作絚其實善亦作亘也西都賦亘長樂孟堅用亘字之證漢書及顏注引如淳作恒恒亘同字或師古讀彼賦亦爲恒字歟

讀作攸　表本茶陵本作作若是也

注上書既終而爲李斯所疾　表本無上書既終四字而作然案表本最是四字乃五臣向注五臣解適作終故云爾善引應劭解作好不得有也茶陵本幷善於五臣此仍之而誤衍

秦貨既貴厥宗亦墜　表本有校語云既善作其亦善作乃茶陵本無校語案此所見異本也漢書作既作亦

注故云厥宗亦墜　表本無此六字案無者是也茶陵本幷五臣於善此仍之而誤衍

孟軻養浩然之氣　案浩當作皓善引項岱注皓白也如天之氣皓然是

善作皓不作浩甚明其五臣作浩表茶陵二本所載良注云浩然自放逸其證也各本所見皆以之亂善而失著校語非又善所引孟子二浩字亦當作皓乃與項岱注爲相應蓋孟子別本如此故雪賦縱心皓然亦引之以爲注也顏注漢書字作浩與五臣合與善不合乃異本之難以相證者凡異本之例如上文風颮颮字於顏則爲颺字是爲明徵矣

注紘張也 陳云紘恢誤是也各本皆誤

注史記太公曰 陳云公上脫史字是也各本皆脫

謀合神聖 案神聖漢書作聖神詳此神字韻與下濱垠等字協不得倒轉疑善自作聖神唯五臣銑注先解神後解聖是其本作神聖各本亦以五臣亂善耳

注鄭元曰優游 案元當作氏各本皆誤漢書注正作氏

注陸生乃祖述存亡之徵 陳云祖粗誤是也各本皆譌

楊雄譚思 何校譚改覃陳云譚誤案各本皆是譚字善果何作無以考也漢書作覃

柳惠降志於辱仕 表本茶陵本於作而案漢書作於尤校改也又案表本此下有注云項岱曰柳下惠六字最是據此善正文亦當作夷抗行無伯字惠降志無柳字與五臣及漢書不異上句尚有注而不全也各本傳寫誤添正文非茶陵

本及尤本幷脫去此句注益非顏潛樂於簞瓢茶陵本潛作淵云五臣作潛袁本云善作淵案此尤延之用五臣校改也漢書作耽注曰正朔三茶陵本曰上有又字是也袁本亦脫委命供己案供漢書作共顏注讀曰恭袁茶陵二本所載五臣向注曰供猶全也是其本作供但所解難通善無明文恐未必同向或自作共失著校語耳神之聽之袁本有校語云聽善作聖案所見非也茶陵本無校語與此皆不誤注式穀與汝茶陵本與作以是也袁本亦誤與注服虔曰左氏傳注曰陳云虔下衍曰字是也各本皆衍注謂之足戟持之陳云上之以誤是也各本皆誤注陳章曰案章當作音各本皆譌○歸去來（）注序曰袁本序上有歸去來三字茶陵本無園日涉以成趣案趣當作趨善引爾雅謂之趨爲注又云趨避聲也七喻切是其本作趨甚明倘作趣此一節注全無附麗矣五臣良注云自成佳趣乃作趣也各本皆以五臣亂善而失著校語注玩琴書以滌暢陳云滌條誤是也各本皆誤農人告余以春兮袁本茶陵本無兮字案此尤校

添也○毛詩序○所以風天下茶陵本風下有化字袁本無案茶陵所用善本也袁所用五臣本也此一有一無舊已兩行見於正義所謂俗本者同五臣以定本去之尤依今序校刪而五臣亂善二本皆失著校語亦非

厚人倫案厚當作序袁本有校語云厚善作序茶陵本作厚無校語考釋文云厚音后本或作序非此亦兩行善自作序唯袁所見得之又案求通親親表敘人倫引此當亦是序今作厚非王元長曲水詩序厚倫注引此則作厚乃所謂與文選不同各隨所用而引之之例也

聞之者足以戒袁本茶陵本以下有自字案此亦兩行之見正義者尤依今序校刪似是實非

詩之志也袁本云善作志茶陵本作至無校語案此無可考但當各仍其舊茶陵非也

注斥太王王季文王也案文王也三字今箋無詳其義不當有此或傳寫衍也

注謂中心念恕之也陳云案釋文云恕本又作念則念下不當復有恕字是也各本皆衍案此蓋或校念爲恕因誤兩存耳

○尚書序○懼覽之者不一何校云匡謬正俗云晉宋時書皆云覽者之不一案各本皆作之者未詳善與顏所說同

否也○春秋左氏傳序○杜預表本茶陵本作杜元凱是也諸所諱避表本茶陵本云善作避諱案今本左傳作諱避尤校改耳下二條同若如所論表本茶陵本云如善作此有所不通表本茶陵本云有善作其○三都賦序○注西都賦序曰案西當作兩各本皆譌注孔安國尚書大傳曰案大字不當有各本皆衍注謝承後漢書序曰表本茶陵本承作沇是也言吳蜀以擒滅案擒當作禽茶陵本云五臣作禽表本云善作擒所見皆非注甚誘逆之理陳云誘詩誤又逆下脫順字是也各本皆誤注過秦論曰表本茶陵本無論字是也○思歸引序○百木幾於萬株表本茶陵本百作柏案此必善百五臣柏二本失著校語尤所見獨未誤也詳文義百是柏非多養魚鳥表本茶陵本魚鳥作鳥魚案此疑亦善五臣之異注班固漢書表本茶陵本無此四字案無者是也說已見前此類今各本多非其舊未能盡出

卷四十六○豪士賦序○落葉俟微風以隕何校風改飈表本云善作風茶陵本云五臣作飈案晉書作飈或風風是傳寫誤不足繁哀響也何校繁改煩云晉書作煩陳云作煩爲是案繁與煩音義甚近或善自與晉書有異也注左氏傳曰下至將誰讎乎表本茶陵本無此一節注案二本脫也注首垂泥土中刃響乘輿何校去土字響改鄉陳同是也各本皆誤注遷御史陳云下脫大夫二字是也各本皆脫登帝大位表本茶陵本大作天表有校語云善作大茶陵無案注引天位艱哉善自作天與五臣無異不作大也茶陵本所見爲是表校語及此非晉書亦是天字亡己事之巳拙表本茶陵本亡作忘云善作亡案各本所見皆非也亡字但傳寫誤晉書亦是忘字注爾雅注曰劭表本爾作小無注字是也茶陵本亦誤衍○三月三日曲水詩序○注晉武帝問尚書摯虞曰陳云書下脫郎字是也各本皆脫藝文類聚初學記引有注三月曲水案月當作日各本皆譌藝文類聚初學記引作日晉書束晳傳亦然

注叡哲文明茶陵本叡作濬表本作叡與此同案依茶陵本似善正文作濬魯靈光殿賦濬哲欽明善注引濬哲文明王元長序睿哲在躬東京賦睿哲元覽善注皆引睿作聖明作哲然則睿濬較有區別恐是五臣改濬爲叡也銑注云叡聖注景光景連屬也陳云光上有脫文案當有屬字也各本皆脫注

四隩既澤表本茶陵本澤作宅是也則宅之於茂典表本茶陵本宅作擇是也注尚書武王曰茶陵本武作穆是也表本亦誤武注國語楚穆仲案楚當作樊各本皆譌

注稽古於同異案古當作合各本皆譌烈燧千城案烈當作列各本皆譌蓋此二字多致混也表茶陵二本餘篇校語可證注王仲宣思征賦曰案思征當作征思各本皆倒注

閱水以成川案閱上當有川字各本皆脫注炰鼈及魚表本茶陵本及作鮮是也注

雷震揚天表本茶陵本揚作于是也注介爾百福茶陵本介作卜是也表本亦誤介○

三月三日曲水詩序○注莊子曰北門成問於黃帝曰帝

張咸池之樂於洞庭之野表本作張樂已見上文周易曰時乘六龍以御天十六字是也茶陵本誤與此同　注維十月五祀茶陵本月作有是也表本亦誤月　注明則有禮樂表本茶陵本無此五字案此尤校補也　注尚書璇璣玉鈐曰案玉字不當有各本皆衍

注制作六經洪業陳云下脫也字是也各本皆脫　注世祖立皇太子長楸何校楸改懋陳同各本皆誤　跨掩昌姬表本茶陵本掩作躧案善注無明文可考二本不著校語或同五臣作躧但必當有音今蓋注不全也二本躧下有女屣　注帝王子弟案帝上當有高字各本皆脫

注秦后太子來仕何校云太字衍陳同各本皆衍　注王仕於晉也何校王改來陳同是也各本皆誤　注若稽古帝堯案若上當有粤字各本皆誤　注譙周考史曰陳云考史當作古史考是也各本皆誤　注適飢意表本茶陵本無此三字案此尤校添也　注後漢賈琮爲冀州刺史車垂赤帷而行及至州自言曰表本作范

瞴後漢書曰賈琮爲冀州刺史琮之部升車言曰是也茶陵本弁入五臣與此同皆非 注何反垂帷裳表本何下有有字是也茶陵本與此同非 注爲嫖姚校尉案此有誤也正文作影摇與注不相應考史記作剽姚漢書作票姚服虔音飄摇師古曰荀悦漢紀作票鷂字皆不作嫖疑此注善引漢書自作票姚其下或弁引服音且有影摇與票姚異同之注而不全 注丁白爲武猛校尉何校白改原陳同是也各本皆誤范蔚宗書何進傳有其證矣 注百姓皆安表本茶陵本皆作遂是也 注杜氏幽求子曰下至有竹馬之歡表本茶陵本無此二十二字案二本因善同五臣而節去也有者是 注東越侮食表本侮作海案海字當是也詳注意上句當云古本作海食而引此以解之其上作晦下作侮不相應皆譌字唯表此一字未誤也至於侮食在古本之上已解訖矣茶陵本作侮誤與此同今本周書亦作侮食又非善所見困學紀聞譏元長用之皆就今本文選今本周書而言似未深得其理 注蓋聞天子之收夷狄也表本茶陵本收作牧是也 甌牘相尋陳云据注牘當作櫝案各本所見皆誤

注禮記逸禮曰袁本無下禮字茶陵本有案此似當作逸禮記曰各本皆誤 注孔子上述三五之法案子字不當有各本皆衍 注譬猶豫古字通案猶當作與各本皆誤 注十洲記曰何云十洲記或是丹陽記陳云書名疑有誤案何陳所校皆未是也洲當作州說已見前 注齊有天子案子當作下各本皆誤 注名曰風涼案風涼當作涼風各本皆誤涼風見淮南地形訓即離騷之閶風史記惠王閶索隱云系本名毋涼是涼閶通用也 注周禮曰以土圭之法下至緯星也茶陵本無此三十九字袁本此節注幷入五臣皆非也尤所見是 秩秩斯干袁本斯干下有校語善作清干茶陵本無校語案袁所見誤也 金瓟在席袁本茶陵本瓟作匏案善引禮記爲注匏字是也瓟雖匏之別體但元長用此未見其證 籥動邠詩何校邠改豳案所改未是也善引周禮爲注字作豳故何據之考北征賦息郇邠之邑鄉善引漢書豳鄉而云豳與邠同西征賦化流岐豳善注引史記立國於邠而云邠與豳同此注或未全袁茶陵二本正文邠下有豳字未必非割裂善注而爲之也 注取竹

嶰谷　案此有誤也下引孟康解脫也不得此作嶰與之不相應考漢書作解顏引孟注而云一說昆侖之北谷名也晉灼曰谷名是也元長以之與弇州偶句正從谷名之說與孟迥別廣雅釋山曰嶰谷也劉淵林吳都賦注曰嶰谷崑崙北谷也字皆作嶰此正文亦必然由是推之善注此作解引孟注末當并引一說且有解嶰異同之注乃爲可通今各本皆脫誤無以訂之矣

○王文憲集序○

注潁陽人也　陳云潁頻誤是也各本皆譌

注知幾其神乎　案幾當作機及下文動必研機注同正文袁本皆有校語云善從木此注各本皆作幾必并五臣於善而誤也考善機五臣幾表茶陵二本於爲石仲容與孫皓書檄蜀文巳有校語可證周易繫辭上研幾釋文云幾如字本或作機鄭云機當作幾幾微也依善所引下繫本或作知機見機庶機但不盡見釋文也茶陵本此及下正文作幾無校語以五臣亂善甚明不獨此注誤其字矣

注垂芒謂發秀也精星也　袁本無此九字有生於豐通於制度七字是也茶陵本脫此節注非又案二本此九字在五臣銑注尤錯入善注中大誤當訂正

注無不制在情衷　案正文情作凊與此不相應各本盡

同無以訂之

匠者何 袁本茶陵本下有工字云善無何校添工字陳云下脱工字案此疑各本所見傳寫脱也

注潁川荀顗 陳云顗當作闓是也各本皆誤今晉書諸葛恢傳所載正作闓字

注以事母而敬同 茶陵本母作君是也袁本亦誤母

注二子蓋往觀焉 袁本蓋作盡是也茶陵本此節注并善於五臣非

注言王公有孝友之性下至喻急也 袁本無此三十八字案無者最是乃五臣向注錯入茶陵本所并正有此非下各條皆同

注董安于之心緩 何校心改性陳同是也各本皆誤

注言王公下至蓋自天性得中也 袁本無此二十二字案無者最是説見上

注挺拔也淳至謂淳孝之甚至也 袁本無此十二字案無者最是説見上

注祖父瓊育之瓊初爲魏郡太守 袁本無育之瓊三字

注標立也下至則二子曾何足尚也 袁本無此二十三字案無者最是説見上

以選尚公主 袁本茶陵本選下有校語云善作遷案二本所見非

注刪除頗重 陳云頗煩誤是也各本皆

誤　申以止足之戒表本茶陵本戒下有校語云善本從言案此所見不同也　注太祖謂齊高祖也表本下祖字作帝是也茶陵本脫此節注非　自營部分司案營部當作策勖注引漢官儀營部而云今以策勖爲營部誤也者因正文作策勖據應而決其誤也又云營役瓊切部烏合切者爲漢官儀作音以明其不得作策勖也表本茶陵本作營部又營下有役瓊部下有烏合乃五臣依善注改正文而移其音於下合并六家遂致兩音複沓茶陵本可覆審表刪善存五臣益非又皆於善策勖五臣營部之不同失著校語讀者久不復察唯陳云據此注正文中營部似當作策勖者最是但亦未知今本乃以五臣亂善耳陳又云注中策勖當作縈邵後漢書百官志及魏志賈詡傳注皆可證而晉書採應語亦作營部又廣韻營縈二字下有營部無縈邵亦一證云云其言策勖又爲縈邵之譌亦頗近之附出於此餘所論誤者不錄　注建始四年陳云始安誤是也各本皆誤　注其讎操兵表本其讎作怨家日案表本是也茶陵本并善入五臣與此同非下各條放此　注今願身代世死仇讎者曰表本死仇讎者作怨家是也見上　注

遂解劒而去表本解劒而作委是也見上注延壽乃自悔責閉閤不出表本乃自悔責作大傷之又不出作思過是也見上注弃其孩子表本弃其孩作勿得舉是也茶陵本弁善入五臣與此同非注言儉解丹陽尹百姓亦如此戀之表本無此十三字案無者是也乃五臣翰注錯入茶陵本所弁正有此非注與杜徽書曰何校徽改微陳同是也各本皆譌注今年始十八表本茶陵本今年始作朝廷年是也注或發志於見奪案志當作恚表本亦誤茶陵本脫此注注孫綽王蒙誄曰陳云蒙濛誤是也各本皆誤注燕丹太子曰案太字不當有各本皆衍注齊春秋曰何校齊上添吳均二字是也各本皆脫注太尉范滂陳云尉下脫掾字太尉黃瓊也是也各本皆脫注檀道鸞晉陽秋曰陳云晉上脫續字是也表本亦脫茶陵本秋上衍春字注謝安石上疏曰陳云安字衍是也各本皆衍注所以極深研幾表本幾作機是也茶陵本亦作幾與此同誤案說詳前踐得二

之機　鄭璞踰於周寶　案璞當作樸各本皆誤注所引戰國
下　策亦必全爲樸字物之質謂之曰樸
玉樸亦然故說文玉部並無璞字而鼠樸得與之同名異
實也後人習見璞字輒有所改今本戰國策樸璞錯出此
注全爲璞璞字皆非也又樸誤爲　注曹植祭橋元文曰　陳云
璞後卷聖主得賢臣頌有其證　祭橋
元文乃魏武事在建安七年子建時方十　注十州記曰崇
歲案蓋本作魏太祖不知者改作曹植耳
禮闈　陳云十州記三字疑誤闈當　注吾入廟　陳云吾君誤
作門案十州記非誤也見前　是也各本皆
譌　注願而行之　陳云而爲誤案所引道應訓文　爲如千秋
今本作爲君二字各本皆誤
何校秩改帙案此當
作袟各本皆誤也

卷四十七○聖主得賢臣頌○而杼情素　何云漢書杼作
抒注抒猶泄也
案抒是也凡木　注胡廣曰　表本胡上有善曰漢官解詁六
才二旁多互混　字是也茶陵本此節注多脫誤
又案篇中善曰二字　鑄干將之璞　何校璞改樸茶陵本云
多刪削說已詳前　五臣作樸表本云善作

璞案漢書作樸是也各本所見璞字皆傳寫譌忽若篲汜畫塗表本畫下有校語云善作盡案表所見誤也漢書作畫茶陵本無校語與此皆未誤注世本曰韓哀侯作御也何云世本無侯字宋衷云韓哀韓文侯也案所校據漢書注引是也各本皆衍注此復言之案之當依漢書注引作作即宋衷注也各本皆誤注相選而並至矣表本茶陵本選作還是也注巳見鄒陽上書表本茶陵本作呂氏春秋云云皆複出之誤注膏粱之性茶陵本膏上有晉悼公曰夫五字是也表本亦脫注聲之不常何校聲改擊案所校據漢書注作擊是也各本皆誤注小臣持龍鬚拔墮表本茶陵本重龍鬚二字是也注史記泄公曰陳云泄公當作貫高案所校未是也此泄上有脫文耳

○趙充國頌○注言充國屯田之便茶陵本之作非是也表本亦誤之

○出師頌○注大敗之案之字不當有各本皆衍又案此下何陳校皆依後漢書多有所添其實善未必備引今仍其舊注沛國史岑字孝山陳云孝山當作

子孝是也各本皆誤

朔風變楚 茶陵本楚作律云五臣作楚表本云善作律案二本所見律字傳寫誤此尤延之校改正之也

○**酒德頌**○**注劉伶** 表本茶陵本伶作靈是也

注因雜揩紳先生之略術 案此有誤也下引如淳曰縉赤白色不得此作揩與之不相應疑正文自爲縉故不取揩插爲義否則當有揩縉異同之注而未全各本皆同無以訂之

注劉熙孟子注曰槽者 案槽當作螬各本皆誤此所引乃螬食實者之注但取下文之酒槽與此螬字不相涉不知者并改爲槽誤之甚矣

○**漢高祖功臣頌**○**新成三老董公** 何校成改城是也各本皆誤

駿民效足 案駿當作俊善引俊民用章爲注是其本作俊也表茶陵二本所載五臣翰注乃云羣賢如駿馬足是其本作駿各本所見皆以五臣亂善又失著校語考士衡長安有狹邪行云憑軾皆俊民左太沖擬士衡云長纓皆俊人可見陸自用俊字與此同彼二注善皆引尚書亦與此同決不得作駿甚明或言駿字與足生義不當云俊更大不然上偶句云萬邦宅心萬字不與心生義五臣之意固緣足字改俊爲駿而殊非陸旨也又尚書本作畯善屢引爲俊

者畯與俊同已具奉荅内兄希叔詩無妨其引作俊也凡善引書有如此者不能以畫一求之爲附舉其例云**注**

何常與關中卒何校與改輿陳同是也各本皆譌**注即欲捐之此三人**陳云捐之下當重有捐之二字各本皆脫**注重元天也**表本茶陵本無此四字**嘉慮四迴**表本茶陵本慮作聲案此所見不同無以考之**規主於足**表本茶陵本於作以案此亦所見不同**注鍾**

離沬何校沬改昧陳同案據漢書及史記校也各本皆譌**注以好遊出**陳云遊出二字當乙案據漢書及史記校也各本皆倒**注此特萬世之事也**萬世當作一力士三字各本皆譌漢書史記可證**威亮火烈**茶陵本云五臣作烈表本云善作列案二本非也此尤延之校改正之説見前可互證**注魏趙屬冀州齊代屬青州**陳云代非青境亦當云屬冀乃合又張耳贊曰報辱北冀即指平趙代事尤易曉也案陳所説是也代字當在魏字下各本皆誤下文四邦魏代趙齊也可證代在齊字下者後來所改也**注矯矯虎臣也**表本茶陵本虎作武是也案凡善諱屢經回改如此**注毛**

萇詩曰我圖爾居何校去萇字陳同是也各本皆衍注高祖子弟弱案弟字不當有各本皆衍注論語摘輔曰茶陵本輔下有象字是也袁本亦脫注勃曰臣無功陳云案周勃傳臣無功二句乃東平侯與居語勃無此言自與太僕滕公以下皆敘與居事與勃無涉云云今案勃曰勃字疑字之誤耳又掩淚悟主袁本茶陵本悟作寤案此所見不同寤字是也後封禪文覺悟黎蒸史漢皆作寤其各本作悟者後人改注取兩兒弃之茶陵本取作蹤是也袁本作蹶亦非東窺白馬袁本茶陵本窺作規案此所見不同似規字是也注漢書武詔曰袁本茶陵本書作孝是也袁生秀朗案袁當作轅注同前序中作轅注引漢書必與今漢書作轅者合蓋善自作轅史記作袁故五臣改轅爲袁而各本所見亂之其序則五臣所無尚存善舊也攝齊赴節茶陵本齊作齋云五臣作齎袁本校語云善作齎其善注中字亦然案此尤延之校改也但齋疑是齎之譌或善與五臣本無異耳周苛慷慨案慨當作愾袁本云善作愾茶陵本云五臣作慨此以五臣亂善也注出則覆弁袁本茶陵

本䨼作雙案正文作雙二本是也○東方朔畫贊○注臧榮緒晉書曰下至此贊爲當時所重表本此五十字在五臣銑曰下其善曰下作臧榮緒晉書曰夏侯湛字孝若譙國人才章富盛早有名譽爲散騎常侍卒二十九字案表本是也茶陵本并善入五臣誤與此同注耳暫聞表本茶陵本耳下有所字是也注弛張浮沈表本茶陵本浮沈作沈浮是也處淪罔憂茶陵本淪作倫云五臣作淪表本云善作倫何校云魯公書作倫案善注無明文表茶陵所見及此俱不同無以考之顏魯公所書未必全與善合難據以相訂也唯五臣銑注云在沈淪時云云其本必作淪無疑尤葢以五臣亂善注自我五禮五庸哉表本下五作有茶陵本作五與此同案釋文云有庸馬本作五庸表依東晉古文誤有所改附正之○三國名臣序贊○注檀道鸞晉陽春秋曰何校晉上添續字陳同表本無春字是也茶陵本并五臣衍注禪伐不同表本伐作代是也茶陵本作伐與此同誤注舜舉八元八愷用之於堯時也成湯得伊尹武

王得呂望而社稷安也　表本此二十七字在五臣銑注下其善曰下作二八謂八元八凱也伊伊尹也呂呂望也十六字案表本最是茶陵本幷善於五臣誤與此同　注三黜之　陳云之字衍是也各本皆衍　注盡遠續禹功　案續當作績各本皆誤又案禹字不當有見前疑不知者添之也　遭時匪難　表本茶陵本匪作不案此所見不同也　注折而不橈　表本茶陵本橈作撓又後贊注中不橈不屈同案據此疑善橈二本非也今正文撓字或五臣撓而亂之橈撓雖通作撓凡善五臣即同字而有別但扌木多相混耳　注尚書曰成王將崩　陳云書下脫序字是也各本皆脫　注漢書高祖功臣頌曰　案書字不當有各本皆衍　魏志九人　表本茶陵本魏志提行另起是也　表煥字曜卿　茶陵本煥作渙表本作煥與此同又表後贊注中首一字作渙餘皆作煥案今魏志作渙茶陵渙煥錯出此本盡作渙似當以渙爲是　注杞良才也　案杞下當有梓字各本皆脫　注太公往弔之曰　案往當作任各本皆誤此所引山木篇文　注子甚者　茶陵本甚作其意二字是也表

本亦誤

注洪水横流 表本茶陵本洪作鴻是也案此尤用今孟子改耳

注吾以疾爲著蔡也 表本蔡作龜是也茶陵本亦作蔡案此蓋因正文而改

注右尹革曰 陳云尹下脱子字是也各本皆脱

注如一旦一去此 表本茶陵本去上無一字是也案魏志無

注竟坐免刑 表本茶陵本免作得案今魏志得免兩有蓋因尤添免字而誤去得字也

敬授旣同 何校授改愛云從晉書案表本云善作授茶陵本云五臣作愛蓋各本所見皆非善亦作愛

注散騎常侍王素 何校素改業陳同是也各本皆譌

注爲軍中郎將卒 何校軍下脱師字陳同是也各本皆脱

公衡仲達 表本云善作仲茶陵本云五臣作沖案各本所見皆非也仲字不可通必傳寫誤善亦作沖也

注命昭爲良史 何校良改長陳同是也各本皆譌

注弟權託昭 表本茶陵本弟上有以字是也

立上以恒 何校上改行云從晉書改注固引易也案表本云善作上茶陵本云五臣作行蓋各本所見皆非善亦作行

注仰慕同趣 茶陵本慕作慕是也表本亦誤

卷四十八○封禪文○伊上古之初肇自昊穹兮生民茶陵本無兮字云五臣有之字表本兮作之云善無之字案二本本所見是也漢書正無善與之同今史記有兮字尤延之取以脩改添入未是繼韶夏案韶當作昭注同漢書作昭顏引文穎注亦作昭詳注云昭明也夏大也德明大相繼不當作韶字可知茶陵本云五臣作昭表本云善作韶各本所見皆非也善自作昭或因下連夏而誤改爲韶耳今史記作韶但集解仍引漢書音義昭明也云云恐是與此同誤注管子曰封太山表本管上有善曰二字是也後注莊子曰善始善終上爾雅曰元始也上魄音薄上穀梁傳曰諸侯不首惡上闓音愷上小雅曰心慙曰恧上創初創也上望幸望帝之臨幸也上言不廢脩禮地祇上錯千故切上孔安國尚書傳曰襲因也上俙或爲沛上毛詩曰麀鹿濯濯上楚辭曰駕八龍之宛宛上孟子萬章曰上湯武雖居至尊嚴之位上皆同茶陵本在每節注首非尤本刪去亦非又凡非舊注表本茶陵本每節首並有善曰尤亦刪去今不盡出可以例求之

后稷創業於唐堯案堯字衍尤延之脩改添入也茶陵本無而校語云五臣有堯字表本亦無其

下并無校語是表所見五臣尚無堯字茶陵及尤所見乃衍也凡二本校語皆據所見著之即五臣仍非眞如此是其例矣史記漢書俱無尤亟誤 然猶躡梁父 案父當作甫下文意泰山本五臣以改善失之甚者也

梁甫表茶陵二本校語善甫五臣父又而梁甫罔幾也尤本亦作甫此一字歧互或各本所見以五臣亂善漢書甫善與之同史記父五臣用以改善也 注鄭元曰導 陳云元氏誤見漢書注是也各本皆誤案索隱云鄭德 注角共一本 案角上當有兩字各本皆脫漢書注引可證史記集解亦有 注介大巨也 案巨下當有山字各本皆脫漢書注引可證史記集解引漢書音義亦有 注譓順也 下有善曰譓音惠五字無正文下音惠 表本此二字是也茶陵本誤與此同 陛下謙讓而弗發 表本茶陵本此節上有上帝垂恩儲祉將以慶成十字校語云善無此二句案漢書有史記亦有慶作薦索隱云漢書作慶義亦通何校據添下注三神引韋昭曰上帝云云上帝即指此蓋傳寫脫各本所見皆非又案疑尚有注爲脫去一節也

注則說無從顯稱於後世也 何校說下添者字各本皆脫案漢書注有 注太史

官屬 陳云史常誤是也各本皆誤案漢書注作常

注言符應廣大之富饒也 陳云之字衍是也各本皆衍案史記集解引無漢書注引孟康亦無

注韋昭曰滲疏禁切 表本茶陵本曰下有漉音鹿三字無滲疏禁切四字案此疑當兩有而漉音鹿在下也

非惟偏之我 案偏當作偏之字不當有讀以四字爲一句漢書正如此也史記索隱引胡廣曰言雨澤非偏於我最爲明晰是史記亦作偏我與漢書同今有誤當據索隱訂也又案觀表茶陵二本所載向注似五臣誤偏爲徧仍未有之各本衍者更誤中之誤

樂我君圃 何校圃改囿陳同表本云善作圃茶陵本云五臣作囿案史記漢書皆作囿此協韻何陳是也各本所見皆非蓋善自作囿傳寫誤作圃耳

其儀可嘉 何校嘉改喜陳同案漢書作喜史記作嘉以韻求之喜與囿爲協何陳從漢書是也史記嘉亦有誤

注張揖曰旼音旻 表本茶陵本無此六字案二本非也漢書注亦引

馳我君輿 茶陵本輿作與云五臣作輿表本云善作與案此尤校改正之史記漢書俱作輿但傳寫誤爲與也又案表本此節注末有文穎曰馳我車之前也九字漢書注亦引又我下有君

字茶陵本及此本無蓋係此句之下爲脫一節注也顧省闕遺案闕當作厥史記漢書俱作厥善注云謂能顧省其遺失以其解厥是作厥字無疑袁茶陵二本所載五臣濟注云恐政治有所闕遺蓋其本乃作闕各本所見皆以五臣亂善而失著校語○劇秦美新○權輿袁本茶陵本提行另起是也春秋困斯發袁本茶陵本困作因案此所見不同也注之邑秦陳云之邑二字當乙是也各本皆倒注襄王並巳見李斯上書案襄上當有昭字袁本亦脫茶陵本此注複出非自勤功業袁本云善作公茶陵本云五臣作功案尤延之所校改也注犬暫齧人袁本茶陵本無暫字人下有也字案此尤校改之也注夷狄之患見臨洮袁本茶陵本之患見作服出於是也注明王奉若天命袁本茶陵本命作道是也注孫策使張紘與袁紹書曰何校紹改術陳同案所校依吳志是也各本皆誤注然古者此事何校者改有是也各本皆誤注尚書帝驗曰何校帝下添命字陳同是也各本皆脫或損益而亡何校云亡當從

五臣本作巳袁本云善作亡茶陵本云五臣作巳何據二本校語今案善注無明文二本所載向注於此云其後紂乃亡之是五臣仍作亡其作巳者後人以意改未可從也 注以爲文母篹食堂 茶陵本篹作籑注末有篹士卷切與饌同七字案有者是也袁本與此同亦脫誤考今元后傳作篹蓋善引不與顏同校者依漢書改且刪之 注尚書曰穆王作呂刑 陳云書下脫序字是也各本皆脫 注鼓誦詩 袁本鼓作瞽是也茶陵本亦誤 注振鷺鴻鸞喻賢也毛詩 袁本賢下有八字詩下有曰字是也茶陵本無振鷺以下八字有曰字此初同茶陵後脩改而又誤脫八曰二字 禪梁父 袁本茶陵本父作甫是也注中兩見一作甫一作父父亦甫之誤也 注晏子景公春秋曰 袁本茶陵本景上有齊字無春秋二字此尤改齊字作春秋而又誤倒在下 注喜與古熙字通 案古熙當作熙古各本皆倒

○典引一首 袁本茶陵本此下有并序二字是也 注范曄後漢書曰班固字孟堅亦云注典引 袁本茶陵本無此十六字是也 注後漢書曰 袁本茶陵

本後上有范曄二字是也 注尚書郎中北海展隆 袁本茶陵本無中字是也 成一家之言 袁本茶陵本無之字案無者是也此尤誤依注添正文 注易曰太極 袁本茶陵本易上有蔡邕曰三字下無曰字案以下二本所有蔡邕曰此本皆無詳前後之例凡舊注所冠姓名皆尤刪也易下曰字當作有 注弗俾洪範九疇 袁本茶陵本俾作畀是也 比茲福矣 袁本云善無茲字茶陵本云五臣有案二本所見非也蔡注云茲孔子也善不得無必傳寫脫尤校改正之是矣後漢書固傳載此文有 注地黃四年 陳云黃皇誤是也各本皆誤 注燒其室門 袁本其作作是也茶陵本亦誤其 注虜王莽 何校虜上添反字陳同是也各本皆脫 注雖覆一簣 袁本茶陵本簣作匱是也後漢書所載并注引此亦皆是匱字 注西伯旣戡黎 袁本戡作龕是也茶陵本亦誤戡 注王歸自夏 陳云夏上脫克字是也各本皆脫 注左氏傳曰臧哀伯曰 袁本茶陵本左上有善曰二字是也後注甄陶已見上文上言漢道外則運行於渾元上易曰品物咸亨上言漢之德能臣古之列

辟上易曰勞謙上連下尚書曰至治定制禮爲一節禮記曰聖人南面而治天下也上優謂優游也上孝經曰夫孝上巡靖巡狩而安之也上爾雅曰祭天上尚書曰鳳皇來儀上廣雅曰麒麟上騶虞也上禮記曰龜龍在宮沼上毛詩曰湛湛露斯上楚辭曰鸞鳥上素雉白雉也上濟濟翼翼上尚書曰嚴恭寅畏上左氏傳薳啓疆曰上楚辭曰遂古之初上言前封禪之君上尚書曰夏罪上緋使也上皆同又四表曰宇往古來今曰宙一節注表本連善曰下非茶陵本別爲節係蔡邕曰者是

匿亡回而不泯　表本云善作匿茶陵本云五臣作慝案注無明文但匿字不可通疑各本所見皆傳寫誤後漢書所載作慝無迴而不泯五臣迴作回見濟注善亦無明文

微胡瑣而不頣　茶陵本瑣作璅云五臣作瑣表本云善作璅案此尤延之校改正之也後漢書所載亦作瑣

至令遷正黜色賓監之事　表本茶陵本令作於案此尤校改也後漢書所載作今令蓋今之譌

注以十二月爲年首　案二當作三各本皆誤說見前上林賦下

注由未章也　表本茶陵本由作猶是也

而禮官儒林屯用篤誨之士　何云後漢書用作朋案注無明

文但用字不可通疑傳寫誤也章懷注云屯衆也朋羣也或善與之無異

注聽德知正則黄龍見　陳云德似當作聽案所校最是各本皆誤蔡說與周南正義引服虔左氏注全同可證也

卓犖乎方州　表本茶陵本無乎字案此尤脩改添之也後漢書所載有

注嚴恭寅畏　表本恭作龔是也茶陵本亦誤恭

孔猷先命　表本茶陵本猷作繇是也案此尤改之後漢書所載作猷但此自作繇尤於蔡注仍未改也

注平制禮樂放唐之文　表本茶陵本平制禮樂作述堯治世案二本是也後漢書章懷注引作平制禮樂尤用彼改耳

而允寤寐次於心　案心上脫聖字表本茶陵本有

瞻前顧後　表本云善無此一句茶陵本云五臣有此一句案此尤延之添之也後漢書所載有此一句章懷注前謂前代帝王後謂子孫也尤并取以增多其實未必是

注次止也　表本茶陵本無此三字是也尤取章懷注添

注言此事體大式宏大　陳云體下衍大字是也各本皆衍

注常止於聖心不可忘也　表本茶陵本作次於聖上之心也是也尤取章懷注改

注前謂前代帝

王後謂子孫也袁本茶陵本無此十一字是也說詳上注憚難也下至而難正天命乎袁本茶陵本無此三十一字是也尤取章懷注添注伊維也遂古遠古也袁本茶陵本無此八字是也尤取章懷注添注言自遠古以來至於此也袁本茶陵本無此十字是也尤取章懷注添以上各條皆未必是注有天下使之陳云下不誤是也各本皆誤注讜直言也袁本茶陵本直言二字作當案二本是也章懷注作直言尤用彼改耳注絣與栟案栟當作拼各本皆譌

文選考異卷第八

文選考異卷第九

賜進士出身通奉大夫江南蘇松常鎮太等處承宣布政使司布政使胡克家撰

卷四十九○公孫宏傳賛○注宏等言皆以大材茶陵本無言字是也表本亦衍案漢書注無注靑姊子入宮幸案子下當有夫字表本亦脫茶陵本并脫子字斯亦曩時板築飯牛之明已何云明漢書作朋陳云明朋誤是也各本皆誤注至此皆天下名士表本此作他是也茶陵本亦誤○晉紀總論○爾乃取鄧艾於農隙案晉書懷愍帝紀所載隙作瑣蓋各本以傳寫譌爲隙與典引微何瑣相類外襲王陵陳云陵淩誤注並同是也各本皆誤晉書所載作淩世宗承基太祖繼業表本茶陵本此二句在大象始構矣下表有校語云善在軍旅屢動上茶陵失著校語詳注中次序所見與表尤無異何校乙轉陳同案依文義是也各本所見蓋并注誤倒一節晉書所載正在下注世宗景皇案皇下當有帝字各

本皆脫　注太祖文皇帝母弟也　案母上當有景皇帝三字各本皆脫　天符人事　表本茶陵本云符善作府案此尤延之校改正之也晉書所載作符　遂排羣議　表本茶陵本云排善作非案此尤延之校改正之也晉書不載此句　注吳王荒淫　案王當作主各本皆譌　注賈充荀勗等陳諫　表本茶陵本陳作畢是也　注居曠壄不相能　陳云壄林誤是也各本皆誤案居下本有于字能下本有也字蓋不備引也　注惠帝永寧二年　表本茶陵本寧作康案二本是也考晉書惠帝紀永康以元年正月朔改元其次年正月趙王倫簒其四月乘輿反正於是改元乃始爲永寧然則事在未改永寧以前正永康二年之正月故臧榮緒書據當日所稱校者誤改之耳　注鶡冠子　案子下當有曰字各本皆脫　注小曰橐大曰囊　表本茶陵本無曰字大字案此尤校改正之也　載錫之光　表本此下校語云善有也字又以御于家邦下校語同茶陵本皆無校語案表所見非也　注靈王十二年　表本茶陵本十二作二十案各本皆非也當作二十二韋昭有注可證也　誅庶桀以便

事何云晉書桀作孽陳云作孽爲是案善注未有明文五臣作桀濟注桀傲也今無以考之注以固其國何校此四字改在上文或乃多難之下陳同是也各本皆誤注太康以來何校太改元是也各本皆誤而賤名儉表本茶陵本儉作檢云善作儉何云晉書儉作檢案檢字是也各本所見儉字傳寫誤耳注應瞻表儉字亦檢之譌其表以清檢對容放言之義無取於儉而今晉書應傳作儉字恐非也又善引劉謙之紀自不必與彼同注以宏放爲夷達表本茶陵本宏作容案容字是也今晉書應傳作宏尤依之改但善自不必與彼同注漢書解故曰案書當作官各本皆誤察庾純賈充之事何校事改爭茶陵本云五臣作爭表本云善作事案晉書所載作爭知將帥之不讓何校知上添而字表本茶陵本云善無而字案晉書所載有而字懷帝承亂之後得位茶陵本云五臣無之後表表本云善有之後今案有者傳寫衍也晉書所載無注晉中興曰陳云典下脫書字是也各本皆脫○後漢書皇后紀論○注帝嚳立四妃以表本茶陵本以作矣

案二本是也矣句絶注立正九妃又三九二十七案正下三下兩九字俱不當有各本皆衍讀以立正妃爲一句又三二十七爲一句也注婦也嬪也案當作嬪也世婦也各本皆誤注女御書敘於王之燕寢案書當作掌御二字各本皆誤注齊侯好內多寵案多下當有內字各本皆脫注與貂因寵何校因下添內字陳同各本皆脫注又有美人良人入子案子下當有七子二字各本皆脫此外戚傳文可證章懷注所引亦可證飾玩華少何云華少後漢書作少華表本云善作華少茶陵本云五臣作少華案各本所見蓋皆傳寫倒唯皇后貴人金印紫綬何云後漢書複出貴人二字陳云複出爲是案所校是也各本蓋皆脫皇后自同乘輿耳又考輿服志天子貴人赤綬同諸侯王與此不合或光武時紫綬以後乃赤綬也注以歲八月雒陽民陳云月下脫筭字是也各本皆脫注長壯妖絜案妖當作姣各本皆譌注家屬徙北景案北當作比各本皆譌范書皇后紀續漢書郡國志前書地理志俱可證

卷五十○後漢書二十八將論○固將有以爲爾 茶陵本爲作焉表本作爲與此同案今范書作焉何校改焉

勳賢兼序 茶陵本兼作皆表本作兼與此同案今范書作皆疑善皆五臣兼二本失著校語而此以五臣亂善也下文可謂兼通矣善同范書有兼五臣無兼殆改此爲兼而刪之以相避歟

注緼赤色 案赤下當有白字各本及章懷注皆脫酒德頌注引有者是也

即事相權 茶陵本即下有以字表本無案今范書有二本不著校語無以考之

注衡平也 案衡上當有權字各本皆脫此韋漢志注以解權輕重之權言衡平者謂衡用權而平也其注周語云權稱也義亦同又韋齊語注云權平也或此衡爲權字之誤

○宦者傳論○注掌守王宮中之門禁 茶陵本之門作門之章懷注同是也表本亦誤倒

王之正內者五人 何校去者字陳云者字衍案皆據周禮序官校也今范書亦有恐此是蔚宗自爲文不全同所引也

注史記以勃鞮爲履貂上 何校貂上二字改鞮字陳同案所校非也此當衍上字荅任少卿書引史記履貂曰可證又何改正文貂爲鞮更非

范書亦作貂章懷注勃貂即寺人披也一名勃鞮字伯楚是蔚宗自作貂注寺人內閹官豎刁案刁當作貂各本皆誤此所引僖二年齊寺人貂之注也注史記曰豎貂爲豎刁案曰當作以各本皆誤注公徐聞其罪陳云其下脫無字是也各本皆脫惟閹官而已茶陵本官作宦表本作官與此同案今范書作宦似宦字是也注安帝年號延平何校安改殤是也各本皆誤小黃門亦二十人茶陵本無亦字云五臣有表本有用五臣也案今范書無此以五臣亂善表不著校語亦非朝臣圖議茶陵本圖作國表本作圖與此同案今范書作國疑善國五臣圖二本失著校語而此以五臣亂善也注郡分銅虎符三表本茶陵本分作國是也基列於都鄙表本云善作基茶陵本云五臣作基今范書作基章懷有注何校依之改陳云作基爲是案此各本所見傳寫誤善亦不作基也盈物珍藏茶陵本物作仞云五臣作物表本作物用五臣也案今范書作仞此以五臣亂善表不著校語亦非注班固漢書曰陳云曰字衍是也各本皆衍注薰胥

以行刑何校胥改胥陳同又云行字衍是也各本皆誤注與李子罊書曰茶陵本罊作堅
是也袁本亦誤罊注尚書曰下本州考治陳云曰白誤是也各本皆譌注張驤
趙忠等何校驤改讓陳同又下節注中袁茶陵二本亦作驤尤改作讓案今范書作讓讓字是也注今
予恭行天之罰案予下當有惟字恭當作龔各本皆誤檄蜀文引予惟龔行天之罰亦非當互訂又
案後述高紀恭行天罰注恭行已見上文依今班書亦當是龔之誤也注屈蕩尸之曰袁本尸作
戸是也茶陵本亦誤尸案開成石經是戸字○逸民傳論○注而遊堯舜之門
案舜字不當有各本皆衍章懷注無注避世之人也案也字不當有各本皆衍章懷注無弋人
何篡焉袁本茶陵本人作者案今范書亦作者者字是也尤蓋依所見法言改耳此注引法言袁茶陵仍作
者其宋衷注乃云弋人弋人不出正文蔚宗及善與尤所見自不同改之非是注穀皮綃頭巾案穀
當作穀巾字不當有各本皆誤章懷注以穀樹皮爲綃頭也與卿相等列袁本與上有羞字云善無

茶陵本云五臣有案今范書有依文義似各本所見皆傳寫誤脫之也注獨耿介而不隨俗

案俗字不當有各本皆衍此所引九辯文也元文隨下有兮善引在句末者多節去○宋書謝靈運

傳論○注懷五常之性聰明精粹表本茶陵本無此九字注應劭曰

肖類也頭圓象天足方象地表本茶陵本無此十四字注明皇帝爲魏

列祖也茶陵本列作烈是也表本亦誤甫乃以情緯文茶陵本無文字云五臣有物字表本

有物字云善無案此尤延之所校添也今宋書是文字源其颸流所始表本云善作源茶陵本云

五臣作原何云疑作原今宋書是原字注詩總百家之言陳云詩總當作傍綜見世說注是也

注潘陸之徒有文質陳云有文質當作雖時有質文是也各本皆誤案亦據世說文學篇注也

注好莊子元勝之談陳云子當從世說注作老是也各本皆誤注謝混始改之

案之字不當有世說注無各本皆衍注太元晉武帝年號何校武上添孝字是也表本亦脫茶

陵本幷入五臣亦脫**仲宣灞岸之篇**案灞當作霸詳表本所載濟注乃善霸五臣灞各本所見以五臣亂善前七哀詩及此注俱爲霸字不誤又今宋書亦是霸字**注靈均屈原字也**表本茶陵本無此六字所載五臣濟注有之案此尤誤取增多也

○恩倖傳論○且士子居朝表本士作仕云善作士茶陵本云五臣作仕何校士改任陳云今宋書作任爲是案所校是也士仕皆傳寫誤下注云言仕子不居賤職可見善並非作士蓋初誤作仕後又誤作士**注中有郎比六百石**案中有當作有中各本皆倒**郡縣掾吏**何校吏改史陳云今宋書作史案所校是也吏史傳寫誤**未之或悟**表本云善作悟茶陵本云五臣作寤案今宋書是悟字但寤即悟不知者每改之未必善與五臣異王命論悟成卒之言英雄誠知覺寤一改一未改最爲可證也

○史述贊○述高紀第一表本茶陵本校語云善本如此五臣本列在後案各本所見皆幷也此連述贊爲文非用爲標題善亦不得在前蓋傳寫誤移之而五臣尚未經移耳後二首同**注論語子曰**表本論上有善曰二字是也後言秦人不能整其綱

維上毛詩曰禺禺昂昂上　注各爭恣志　表本志作忘茶陵本亦作志與此同茶陵本在每節首非

光允不陽　表本光作亦云善作光茶陵本云五臣作亦案今班書作案皆非也當作妄過秦論注引作妄亦亦字是也　注不亦熾乎　案當作不炎熾矣各本皆誤顏注所引可證光傳寫誤　○後漢書光武紀贊○注中微謂平世衰也　表本茶陵本無此七字　沈機先物　茶陵本先作生云五臣作先表本云善作生案今范書作先先字是也善亦不得作生各本所見皆傳寫誤　深略緯文　表本文作天茶陵本作文與此同何云兩漢刊誤補遺云文選作天云云今案表本正與所稱同下無校語蓋善五臣皆是天字茶陵及此作文者後來轉依今范書誤改之耳茶陵亦無校語也天與甄協最是　注旄旗輜車　陳云車重誤是也各本皆誤　注城中少年子弟自燒室門　案子當作朱自燒當作燒作各本皆誤　注兼聰獨斷　案聰當作聽各本皆誤

卷五十一○過秦論○注漢書應劭曰　表本茶陵本無漢書二字案二本是

也以下所引諸家皆陳涉傳注凡如此者例不云漢書**注言秦之過**表本言上有善曰二字案此四字亦應注顏師古引者可證表本并也又案以此驗之凡各本所有善曰字多非其舊的然無疑矣**注韋昭曰崤謂二殽**案崤殽二字當互易各本皆誤**包舉宇內**表本茶陵本包作苞案此尤延之所改也史記漢書賈子俱是包字但古包苞同用未必善不爲苞也**注甯越趙人也**表本茶陵本甯上有然字案二本是也然即今然則善全書皆如此甯越趙人非有明出據上引決之**注戰國策東周**表本茶陵本無東周二字是也**注最才勾切**陳云勾句誤是也各本皆譌案周本紀索隱曰最詞喻反與此正同皆讀最爲聚也**注趙惠文王**案此下當依史記有十六年三字各本皆脫**注史記曰逡巡遁逃**表本茶陵本作遁逃史記作逡巡案二本是也遁逃複舉正文史記曰逡巡五字爲一句善所見史記作逡巡而今本作逡巡遁逃後人妄添二字尤反依之改轉誤之甚者也賈子作逡巡正與善所見史記同又案正文作遁逃西征賦注引作遯逃必善讀漢書陳涉傳如此故載史記之異意謂兩文俱通考賈子

下篇亦言百萬之徒逃北而遂壞然則作遁逃自無不可未見潘安仁必誤如匡謬正俗所譏也師古漢書專主逡遁即其所謂遁者蓋取盾之聲以爲巡字當音詳遵反學者既不知遁爲巡字遂改爲遁逃者與善全異不可用以校此讀者多所不憭又今本漢書作遁巡注同更譌舛非顏之舊觀匡謬正俗所說自明茲不訂彼

注以金爲箭鏃也 袁本茶陵本鏃作鏑是也

國家無事 袁本云善無家字茶陵本云五臣有案此尤校添之也史記漢書賈子俱有

俛首係頸 茶陵本頸作頭云五臣作頭袁本云善作頭案此尤校改之也史記漢書賈子俱作頸

銷鋒鍉鑄以爲金人十二 袁本茶陵本云鍉鑄善作鑄鍉案此尤校改之也漢書作鍉鑄賈子作鏑鑄鏑即鍉也鍉句絕鑄下屬史記作銷鋒鑄鐻似四字連文鐻鍉亦異未審善果何作

注以銷鋒鍉爲鍾鐻金人十二 案以銷當作銷以鋒鍉二字衍各本皆誤所引始皇紀文

注廣雅曰何問也 案何上當有誰字各本皆脫

注眂古氓字氓人也 袁本茶陵本氓字作文氓案顏注引作眂古文萌字萌民也蓋善引無字字又諱民作人集解引作眂古

氓字氓民也尤依之校改耳

率罷散之卒 表本云善作罷弊茶陵本云五臣作疲散案此尤校改之也史記漢書俱作罷散善所見或爲弊字也賈子作疲弊可證

天下雲集而響應 表本茶陵本集作會案此尤校改之也史記作集漢書賈子作合或皆不與此同

非尊於齊楚燕趙韓魏宋衛中山之君也 表本茶陵本非作不下非銛之非亦作不案此尤校改之也史記賈子作非漢書作不

○非有先生論○東方曼倩 表本茶陵本云善作蒨案此尤校改正之也前作倩自不得有異但所見傳寫誤

注班固漢書東方朔字曼倩平原厭次人武帝即位言得失 表本茶陵本無此二十二字有漢書曰朔四字是也朔見於畫贊注其荅客難下亦不復出或記於旁尤誤取以增多耳

寡人將竦意而聽焉 表本茶陵本聽作覽案二本是也下文寡人將覽焉漢書作聽尤延之欲校改彼字而誤以當此處耳凡宋以來刊板脩改往往有如此者

而佛於耳 案而字不當有漢書無各本皆衍又案下順於耳句表茶陵二本校語云善無而五臣有然則

此以五臣亂善**寡人將覽焉**何校覽改聽案依漢書也詳此句與上文孰能聽之矣相承接作聽爲是表茶陵二本亦作覽皆涉寡人將竦意而覽焉句之誤尤本改上覽字爲聽致與漢書互易益非**注如淳曰漢書注曰**陳云淳下衍曰字是也各本皆衍**三人皆詐僞**表本茶陵本三作二案表茶陵二本所載五臣良注云其子惡來革多力是五臣以飛廉爲一人惡來革爲一人而其本作二也善引説苑以革爲一人而其本作三尤改正之是矣又案今本漢書亦作二似有誤顏注未有明文無以相訂**終無益於主上之治**茶陵本云五臣作治表本云善作理案此亦尤校改之也漢書治但善避諱尤改非也**於是吳王戄然易容**表本戄作懼音句云善作戄茶陵本作戄音句云五臣作懼善注中皆無居具切三字今案此各本所見蓋皆非也戄不得音句亦不得居具切漢書作懼顏注居具反善音與之同是亦作懼其居具之音與五臣句複故表茶陵刪之耳**注非虎非狼**案狼當作貙各本皆誤重贈盧諶引作非龍非彲句在非熊非羆上今六韜同彲蓋即貙字與羆熊師協韻也運命論注引作狼亦誤**躬親節儉**茶陵

本無躬字親下校語云五臣作躬表本躬下校語云善有親字此初刻同茶陵所見後用表所見脩改添之也漢書作躬節儉與五臣同**天下大洽**案洽當依漢書作治各本皆譌**惟周之貞**何校貞改楨表本云善作貞茶陵本云五臣作楨案漢書作楨未審善果何作**○四子講德論○注涉始於足**案涉當作步下同各本皆譌**注一單三尺**表本茶陵本單作躍是也**注遁逃也**表本茶陵本逃作避是也**注皮裘負芻**表本并入五臣皮作反是也茶陵本亦誤皮**注閭嫫子奢**案嫘當作娵各本皆譌今荀子賦篇及七發注引皆是娵字**故美玉蘊於碔砆**案碔砆當作武夫注引戰國策及張揖漢書注皆不從石表茶陵二本所載五臣翰注乃作碔砆是善武夫五臣碔砆音以武夫各本所見亂之而失著校語此誤入五臣音皆非也又案引張揖曰者子虛賦注也史記漢書正作武夫今彼正文及善注引張揖國策盡爲碔砆恐亦爲五臣所亂而并注中改之也**注說文曰鑛銅鐵璞也**案鑛當作礦璞當作樸各本皆譌礦即磺字也又案依此正文朴字當作樸二字羣書中頗有相混者五臣并

正文改爲璞誤甚寂寥宇宙茶陵本寥作聊云五臣作寥表本云善作聊案此尤以五臣本改之也表茶陵注中作聊尤改恐未必是注尚書曰故一人表本茶陵本故作迪是也注毛詩周頌曰陳云頌下脱序字是也各本皆脱且觀大化之淳流表本茶陵本無且字案二本不著校語無以考之陳云且字衍恐未必然當各依其舊大厦之材茶陵本厦作夏云五臣作厦表本云善作夏案尤本以五臣亂善非也凡此字夏厦錯見者疑皆善夏五臣厦餘以此求之注秦繆公問得失之要表本茶陵本問下有之字是也注秦繆公聞百里奚故重贖之何校奚下添賢字故改欲陳同是也各本皆誤注楚人曰予之表本茶陵本曰作許是也楚莊有叔孫子反表本茶陵本叔孫作孫叔是也句踐有種蠡渫庸表本校語云蠡善作蠡茶陵本無校語案此所見不同也省田官何校田官改官田案依文義是也各本皆作田官蓋誤倒考宣紀地節元年假郡國貧民田三年詔曰前下詔假公田貸種食公田卽官田疑此句當有善注今失去無可補莫

不肌栗慴伏表本茶陵本云肌善作飢案飢傳寫誤尤校改正之也注邕邕者聲和也案者當作音各本皆譌是以北狄賓洽茶陵本云五臣作洽表本云善作合案此尤以五臣本改之也注不見明文無以考之而旌旗仆也茶陵本云五臣作旌表本云善作旍案此尤以五臣本改之也旍即旌字前已屢見當各依其舊先生曰夫匈奴者茶陵本先生曰夫作先生夫子表本云五臣作先生曰夫表本云善作先生夫子曰案此尤校改正之也先生夫子曰乃傳寫之誤驚邊抏士表本茶陵本抏作杌何云能改齋漫録作抗案何校是也善不音注者已見上林賦抗士卒之精下也又此字見於史記漢書鹽鐵論者甚多其訓損也耗也其音五官反表茶陵二本所載銑注云杌動也而不著校語以五臣亂善致爲乖謬尤作抏亦非注刀刻其面茶陵本刀作刃表本亦作刀與此同何校改刃陳同案考史記集解引音義作刃漢書顏注引如淳同刃字是也未尅殫焉表本云善作尅茶陵本云五臣作克案各本所見皆非也當作克但傳寫誤爲尅非善五臣有異

卷五十二〇王命論〇注復起於今乎案此下有脫文必幷引既感嚮言以及迺著王命論等語各本皆脫善例不全同本書無以補也注三陽翼天德聖明表本茶陵本聖作清案此尤校改之也注善曰世運案世運當作運世各本皆倒檐石之蓄表本茶陵本檐作擔注同案此所見不同也漢書作儋擔即儋字或從木作見毛詩傳釋文又羣經音辨之木部可證苦寒行檐囊行取薪亦用之注韋昭曰短爲袩案曰當作以各本皆誤注善曰袩丁表本茶陵本袩作短案短字是也注鬻鼎實也案鬻當作鬻下同各本皆譌注道德於此何校德改得陳同各本皆誤注則見蛟龍於其上表本茶陵本於作據案此尤校改之也貪不可冀無爲二母之所笑何校貪上添毋字爲上去無字案依漢書校蓋是也各本皆傳寫誤〇典論論文〇享之千金案享當作亨善引左傳注亨通也而云亨或爲享正文是亨字甚明後來以享改亨各本皆然與注不相應非也注故嘗更職何校更下

添吏字陳同今案范蔚宗書公孫述傳作甞吏吏職但各本皆無仍未當輒補 咸以自騁驥騄於千里 陳云以自國志注引作自以案依文義自以是也各本皆倒耳 注遭我乎猶之間兮 表本猶作巙是也茶陵本亦誤猶 注不根持論 表本茶陵本根作長案此尤校改之也 以至乎雜以嘲戲 表本茶陵本無上以字乎作於案此所見不同也魏志王粲傳注引此無以字乎作于蓋二本是矣 不假良史之辭 表本云善無不字茶陵本云五臣有不字案此尤校脩改添之也初亦同二本所見皆傳寫脫 日月逝於上 茶陵本逝作遊云五臣作逝表本云善作遊案此尤校改正之也遊字不可通必傳寫誤也 ○六代論○注韓哀滅鄭并其國 案哀下當有侯字各本皆脫所引鄭世家文也 四十餘年 何校四改三注同魏志注作四陳云四當作三案魏志注在武文世王公傳下蓋誤耳善引漢書諸侯王表爲注彼文作三師古曰三十五年今此各本并依正文改之更誤何陳所校是也 注秦竊自號謂皇帝 何校謂改爲後所引同是也各本皆誤 千有餘歲 何校

歳改城陳同魏志注作城今案城字誤也元首此文出於史記秦始皇本紀彼作歳可證又孝文本紀古者殷周有國治安皆千餘歳漢書作皆且千歳然則當時語自如此矣魏志注必不知者所改何陳誤據之也袁茶陵二本校語云善作歳五臣作人五臣正謂歳字不安與改魏志注者字有異而意相同皆非

胡亥少習尅薄之教袁本云善作尅茶陵本云五臣作刻案各本所見皆傳寫誤也善注引商君傳自作刻不作尅魏志注亦是刻字

土有常君袁本茶陵本土作士是也魏志注亦是士字

注權秉即柄字也陳云秉下脫也秉二字是也各本皆脫

而天下所以不能傾動何校去能字魏志注無袁本云善有能茶陵本云五臣無案此疑各本所見傳寫衍也

而叛逆於哀平之際也茶陵本云五臣作叛袁本云善作畔案此所見不同也魏志注亦是叛字下文平居猶懼其離叛各本皆不作畔似此未必善與五臣有異

是聖王安而不逸袁本茶陵本是下有以字云善本無案此疑各本所見傳寫脫也魏志注有

○博奕論○

注多漢舉者袁本茶陵本漢作薦是也

注中計

塞城阜案城當作成各本皆誤求之於戰陣表本云善無於字茶陵本云五臣有案此尤校添之也吳志有於字二本所見蓋傳寫脫注一字管百行表本茶陵本一字作學是也注貿易之也案之字不當有各本皆衍

卷五十三○養生論○注說文曰粗疏也徂古切表本茶陵本無此九字注顏師古曰洽霑也表本茶陵本無此七字注漢書劉向曰表本茶陵本書下有曰字案二本是也向下不當有曰字二本皆衍可百餘斛茶陵本此下有也字云五臣無表本云善有案此所見不同或尤刪之也注大蒜勿食表本茶陵本勿作多是也而外內受敵表本云善作內外茶陵本云五臣作外內案此疑尤以五臣改之也爲受病之始也表本云善無受字茶陵本云五臣有案此疑尤以五臣添之也注臣瓚曰魏桓侯表本茶陵本無此六字縱聞養生之事茶陵本生作性云五臣作生表本云善作性案此尤以五臣改之也注猶如

麀陳云麀鹿誤是也各本皆譌 注桀溺曰滔滔者表本滔滔作悠悠案悠悠是也茶陵本亦誤與此同陳云陸氏釋文滔滔鄭本作悠悠注自據鄭康成本與他本不同也 注河上公曰抱下至

故能爲天下法式表本茶陵本無此二十字 注河上公曰大順者天理

也表本茶陵本無此十字 ○運命論○ 注春秋河圖下至聖明表本此十九字作聖明已見王命論七字是也茶陵本複出與此同非 注亦然案亦上當有治字各本皆脫此所引處方篇文也

注知非遇也案遇當作愚各本皆誤 注非加益也案非上當有知字各本皆脫

以遊於羣雄下至莫之逆也表本茶陵本校語云善無此一段說詳下 注漢書

曰下至皆不省表本茶陵本無此一節注案二本所見傳寫脫去正文及注一節也後石闕銘計如投水引此論張良及其遺漢祖其言也如以石投水莫之逆也爲注然則善有可知尤所見本蓋爲未誤 注夏氏

乃櫝而去之表本茶陵本無夏氏乃三字是也 注過婦人陳云過遇誤是也各本皆譌

注靈景周之王末者也表本末上有者字案疑弊字之誤尤刪非也茶陵本刪去此一句更非

注睎驥之馬表本睎作希下同茶陵本亦作睎與此同案正文作希注希望也亦仍作希似睎字依法言改之也

注三事不使知政遂各偃息養高表本茶陵本無不使知政遂各六字案此尤添之也

雖造門猶有不得賓者焉表本此下有善注或無雖造門三字一句茶陵本無案無者蓋脫

然而志士仁人茶陵本無然字云五臣作然表本無而字云善作而案此依五臣改善又誤兩存其字非

注欲遂其志之思也表本茶陵本無之思二字

不徼而自遇矣表本茶陵本徼作邀案二本無校語恐非善五臣之異善引西京賦不徼自遇彼賦今爲邀字此注尤及表作徼非也茶陵本作邀是也尤延之蓋依所見之注改正文而誤

注脉相視也案視字不當有各本皆衍說見古詩十九首內

蓋知伍子胥之屬鏤於吳表本茶陵本屬作鐲案注引左傳字作屬或五臣作鐲二本失著校語耳尤所見是也

注吳將伐齊表本茶陵本無將字

注王

及列士皆饋賂表本茶陵本無此七字注是豢吳也表本茶陵本也下有夫字案有者是也尤誤刪之注反役表本茶陵本無此二字注改姓爲王孫欲以辟吳禍表本茶陵本無此十字案此節注皆尤用左傳增多其實非也注諸子欲厚葬湯母曰表本茶陵本重湯字是也案漢書重蓋笑蕭望之跋躓於前案之下當更有之字各本皆脫也注道病死案此下脫尚當有善論石顯病死而言綬縕未詳之注表茶陵二本皆并善於五臣遂致失去今無以補之注桓公新論曰何校公改譚陳同各本皆誤注杜預左氏傳注曰冒貪也表本茶陵本無此十字璣旋輪轉案璣當作機注同注中所引鄭尚書注轉運者爲機未誤可見善自作機不作璣璣蓋五臣作璣而各本亂之宋文元皇后哀策仰陟天機茶陵本作機表本作璣皆失著校語彼注文證益明但各本彼及此注中多改機爲璣故讀者鮮察其實必是善五臣之異如旋五臣作琁二本仍無校語亦失著也注言傳其所順以天下之謀案順以當作以順各本皆

倒○辨亡論○注北至南陽茶陵本北作比是也袁本亦誤北注陳忠曰何校陳改閻陳同是也各本皆誤飾法脩師案飾當作飭注引易作飭各本正文皆傳寫譌也晉書作飭吳志注作飾羣書中二字多錯互今易作勑則飾字非矣注班固王命論曰何校固改彪陳同是也各本皆誤注虞翻性不協俗袁本無性不協俗四字是也茶陵本此上下複出者更非注孫權以爲車騎將軍陳云將軍下脫主簿二字是也各本皆脫注往濡須口陳云往住誤是也各本皆譌注公孫獲曰陳云獲玃誤是也各本皆譌注先主徂于永安宮袁本徂作殂是也茶陵本此注并善於五臣文句全非而吳莞然茶陵本莞作莧注同校語云五臣作莞袁本校語云善作莧其注中亦皆作莧考論語釋文莧爾字如此尤因今論語作莞定從校改遂以五臣亂善非晉書作莞吳志注作藐即莧之誤也注晉人使子貢何校貢改貞陳同是也各本皆譌注羽檄重積而狎至何校積改迹陳同是也各本皆誤注字略作轒樓

也案樓下當有車字各本皆脫注尚書曰尚有典刑何校改尚書作毛詩下文毛詩改又陳同是也各本皆誤注皆指事不飾忠懇何云案吳志忠懇下有內發二字此脫當增入案所校是也各本皆脫注子不聞周舍之諤諤案子字不當有各本皆衍注孫皓遂用元爲宮下錄事袁本茶陵本無遂字案此尤添之也又陳云錄事當作鎮是也各本皆誤非有工輸雲梯之械何校工改公陳云工公誤今案晉書吳志注皆是工字疑士衡謂之工輸未當輒改也注王濬鼓入于石頭陳云鼓下脫譟字是也各本皆脫注張悌字臣先何校臣改巨陳同是也各本皆誤注說文曰詭變也案詭當作恑此所引心部文又觀下注可見袁本亦誤詭茶陵本刪此注更非○辯亡論下○注左氏傳曰下至比于諸華袁本此十八字作諸華已見上文六字最是茶陵本複出非注莊子許由曰齧缺之爲人也聰明叡智袁本茶陵本無此十五字注使親近以巾拭面袁本

茶陵本使作便無近字拭下有其字案此尤延之以吳志注所引校改之也陳云當時左右給使之人謂之親近屢見國志或二本譌耳**注船載糧具俱辦**陳云載字衍糧下脫戰字是也各本皆誤**注爲軍後援也**陳云軍卿誤是也各本皆誤**畢宮菲食**表本茶陵本此下校語云善有貪字案二本所見傳寫衍**以豐功臣之賞**表本茶陵本無以字下以納謨士之筭同案晉書無吳志注有此尤延之依吳志注添之也**注賈逵國語注曰謂告也言何以告天下也**表本茶陵本無此十六字**注慊不足也**表本此下有口簞切三字是也尤改入正文下非茶陵本正文下載五臣苦簟音而刪此更非**百度之鈌粗脩**表本云善作粗茶陵本云五臣作粗案注云粗古粗字似二本所見是也但晉書吳志注皆作粗他書既未見有借粗爲粗者士衡他文用字亦少此類無以考之**注抯古粗字**表本茶陵本抯作粗案此未審說見上**雖醲化懿綱**表本茶陵本綱作網案此尤校改之也晉書綱吳志注網尋文義以綱爲是二本所載五臣翰注云以網羅天下然則五臣網或失著校語善無注

可證其實未必同五臣也

抑其體國經邦之具　袁本茶陵本邦作民案晉書邦吳志注民此亦尤校改之也文義兩通未知善果何作

注幾音其近也　袁本茶陵本其作基是也又案近也當在音基上各本皆倒

天子總羣議　袁本云五臣作議茶陵本云善作誼案此亦尤校改之也晉書吳志注皆作議二本所見未必是

憑寶城以延強寇　案寶吳志注作保晉書亦作寶與此同詳保城與資幣偶句蓋保即今之堡字保是寶非也袁茶陵二本所載五臣翰注云寶猶堅也文義殊爲不安善亦必同五臣或失著校語

注因部分諸軍吳彥等　何校吳改吾陳同是也各本皆誤

寬沖以誘俊乂之謀　茶陵本云五臣作乂袁本云善作人案晉書吳志注皆作乂二本所見非

卷五十四○五等論○夫體國經野　袁本茶陵本經野作營治案二本是也晉書作經野尤依之改非

注而獨斯畏　何校而改無陳同是也各本皆誤

不如利而後利之之利也　袁本云善無也字茶陵云五臣有案此蓋所見不同或尤校改之也晉書有又案五臣晉

書不重之字非也今荀子富國篇亦未誤凡注言王諸侯五臣雖同晉書仍善是彼非者今不悉出

治之也袁本茶陵本王作任是也案治之當作之治各本皆倒

注漢書徐樂上書曰下至

此之謂土崩袁本茶陵本此在家語孔子曰云云之前案依善例當云土崩已見上文蓋後來改爲複出而又誤倒之耳尤順正文乙轉仍未得善舊也

注告于諸侯曰王居于虣諸侯釋位袁本茶陵本無曰王居于虣諸侯七字

國慶獨饗其利袁本獨下有校語云善作猶茶陵本無校語案二本所載五臣良注云言秦獨饗天下之利是其本作獨也尤及茶陵蓋以五臣亂善晉書獨又本篇忘萬國之大德袁本萬作經云善作萬茶陵作經仍失著校語又愿注法期於必涼袁茶陵二本涼作諒其實善涼五臣諒二本失著校語彼尤本皆校改正之矣

注班固漢書表曰袁本茶陵本表作贊案此尤校改之也

皇祖夷於黥徒案黥當作黔晉書正作黔最爲不誤此注云然黔當爲黥唯正文用黔首字爲黥黥布字故善云爾也必五臣因此注改黔爲黥後來各本以之亂善而失著校語又此注亦多誤見下

注史記曰荊王劉賈者下至蓋別有所見袁本茶陵本無此五十九字案二本最是此不知何人駮善注之語必別本有記於旁者而尤誤取以增多也注尚未足黜徒羣盜所耶案黜當作黥各本皆誤說見下注然黥當爲黜案黥黜二字當互易此因正文旣改作黥與注不相應復改注以就之也考史記漢書黥布不得云當爲黜甚明他書不更見有作黜者上條楚漢春秋亦誤改無疑注縱恣意陳云縱下脫橫字是也各本皆脫注生子頽子頽有寵袁本茶陵本不重子頽二字注我實能使狄案能字不當有各本皆衍注號曰共和共和十四年袁本茶陵本不重共和二字注鄭伯將王自圉門入號叔自北門入袁本茶陵本無此十四字注次于陽樊袁本茶陵本無此四字注恭王有寵子袁本茶陵本無王字是也良士之所希及案當依晉書去之字各本皆衍○辨命論○注峻字孝標辨命論袁本茶陵本無峻字二字案無者是也下五字爲一句注

郭璞曰孫子荆案此有誤也璞疑當作子郭子三卷在隋志小說注然則占候時日案則字不當有各本皆衍善例無此也注此其大較者也袁本茶陵本大下有彰字注閔子騫曰案騫當作馬各本皆誤夫通生萬物茶陵本通作道袁本無夫通二字案二本不著校語無以知善果何作梁書作夫通考選文與本傳向不齊一但可資其借證難以指爲專據何校於此篇多所更改皆選文未必非本傳未必是今均不採注猶陶鑄堯舜也袁本茶陵本猶上有將字注言殺也袁本茶陵本無此三字注載疐其尾毛萇曰疐袁本二疐字作躓茶陵本作疐案躓字是也正文善作躓梁書同故破疐爲躓而引之注家語曰顏回下至薄言采之袁本茶陵本此七十六字并於五臣非也尤所見未誤注追論夫子言袁本茶陵本言上有之字注樂正子春見孟子曰袁本茶陵本無春字案有者非注狀亭亭以岧岧案岧岧當作苕苕各本皆誤徼草木以共彫袁本茶陵本徼作僥是也梁書作僥注黙

婁先生表本茶陵本黥作黔是也注垂髮臨鼻長肘而盭表本茶陵本髮作眼盭下有股字案今呂氏春秋作眼其盭下仍無股字或尤刪之也注呂氏春秋曰道也者下至不可爲壯表本茶陵本無此二十字注彭彭越韓韓信表本茶陵本無此六字案此因同五臣翰注而刪之尤所見是也注淮南子曰哆噅蘧蒢戚施醜也案此有誤也所引脩務訓文哆上有啳睽二字無醜也二字高誘注云啳睽哆噅蘧蒢戚施皆醜貌也或許慎云醜也耳未審善兼引正文及注或但引注無以補正注渙散也表本茶陵本無此三字注貔摯夷何校摯改埶陳同是也各本皆譌注淮南子曰歷陽案此有誤也以下至國沒爲湖皆注文不得云淮南子曰未審所脫注有兩諸生告過之謂曰何校去告字是也各本皆衍注太常上對諸儒太常奏宏第居下策何校策下添奏字陳同案此有誤也考漢書云宏至太常上策詔諸儒又云太常奏宏第居下策奏必善連引此二處耳注猰貐鑿齒九嬰大

風封豨修虵袁本茶陵本猰貐作窫窳豨作豕鑿齒二字在修虵上案此尤校改之也下高注仍作窫窳豕所改未是注毛萇曰杯晚切陳云曰下脫板板反也四字是也各本皆脫注司馬子韋曰案馬當作星思元賦注可證又案袁茶陵二本此一節注幷入五臣非也尤所見未誤注磨其手案磨當作磿各本皆譌與廣川長岑文瑜書引作酈云酈音酈可證考呂氏春秋亦作酈酈磿同字磿譌而爲磨猶顏氏家訓所謂容成造磿爲碓磨之磨耳故酈今亦譌而爲酈也皆當訂正注若以善惡猶命袁本茶陵本猶命二字作之理無徵四字是也且于公高門以待封袁本云善作門高茶陵本云五臣作高門案二本所見傳寫誤倒非也此亦尤校改正之梁書作高門注激過之辭也袁本過作過是也茶陵本亦誤過莊子釋文李云謂激過也可借證注黃鵠啄君稻粱案粱當作粱各本皆誤注予惡乎知說生之或非邪案或非當作非或各本皆倒誤注予惡乎知惡死之非弱喪而不知歸者邪袁本茶陵本非弱喪而不知歸

者邪九字作或是邪三字案此尤校改正之者

文選考異卷第九

文選考異卷第十

賜進士出身通奉大夫江南蘇松常鎮太等處承宣布政使司布政使胡克家撰

卷五十五○廣絶交論○注劉璠梁典曰表本茶陵本無此五字案此節注表并善入五臣茶陵并五臣入善皆非注慕尚敦篤表本茶陵本慕作莫是也注芳芳漚鬱表本茶陵本下芳字作香是也注班固漢書贊曰陳云贊述誤是也各本皆誤注試欲効其款款之愚陳云試誠誤是也各本皆譌注年十三表本茶陵本無此三字注口相切直也表本茶陵本無空格是也此初有衍字後脩去之注論語子張曰敢問崇德辨惑表本論上有巳見七命四字茶陵本無案依善例當作辨惑巳見七命六字不複出論語以下云云各本皆非注棠棣之華茶陵本棠作唐下同是也表本亦誤棠何陳校改唐然則利交同源表本云善有則字茶陵本云五臣無則字案各本所見皆非也則不當有但傳寫衍梁書任昉傳所

載亦無則字注雕刻鑪捶喻造物也表本茶陵本無此八字注以灼火也
表本茶陵本也下有之瑞切三字案眞善音也正文下朱靡二字乃五臣音尤去此存彼非注秦嘉婦
詩曰案婦上當有贈字各本皆脫注惟思致款誠表本茶陵本惟作遺是也注蔡澤
頷頤折頞表本頷作領茶陵本與此同案依表本疑善正文亦作領今各本皆作頷蓋五臣亂之梁書亦
作頷善與彼多異如論嚴苦彼作枯有旨哉有旨哉彼不重英跱俊邁彼作特善注明文俱相乖互難以爲證注
論語曾子曰鳥之將死其鳴也哀表本茶陵本無此十三字案此因已見五臣而
節去注詩谷風曰將恐將懼寘子于懷表本茶陵本無此十二字案此因已見五
臣而節去注毛萇詩曰漑何校詩下添傳字陳同各本皆脫注以伯嚭爲太宰
表本茶陵本嚭作喜案二本是也下注所謂或作伯喜即指此考史記五子胥列傳索隱有喜音嚭之語是善引與
小司馬正合不如今本史記作嚭也上注所引亦以嚭爲大夫嚭必本作喜各本皆誤當依此訂正注乃自

刎 表本茶陵本刎作剄是也 注厥篚纖纊 何校纖改纖陳同是也各本皆誤 注屬纊以候氣 案候當作俟下當有絕字各本皆脫誤 注信陵之名蘭芬也 何校蘭上添若字陳同是也各本皆脫 注班固述曰莊之推賢於兹爲德 表本茶陵本作班固贊曰鄭當時之推賢也案二本是也此引本傳贊尤校改甚非 注說文曰輜車軸端 案輜當作轊各本皆譌 注驤於是迎而鳴者 表本茶陵本迎作仰是也 注烈士傳曰 表本烈作列是也茶陵本亦誤列 注陽角哀 茶陵本陽作羊表本與此同案陽字是也古陽羊通用蓋正文善陽五臣羊各本亂之茶陵并改注者非梁書作羊彼固多異也 寄命嶂癘之地 表本茶陵本嶂作鄣案表茶陵二本所載五臣向注字作鄣其善注仍作嶂字然則善嶂五臣鄣也二本失著校語梁書作瘴俗何云三國志皆用嶂 注劉孝標與諸弟書曰 案標當作綽各本皆誤本傳云孝綽諸弟時隨藩皆在荆雍乃與書論共洽不平者十事其辭皆鄙到氏云云此所引即其一事也孝綽彭城人故下稱孝標云平原劉

峻不知者妄改絕無可通今特訂正　注攸然不相存贍　表本茶陵本攸作悠是也　〇演連珠〇注天地所以施生　案生當作化各本皆誤　注在地則化　案地當作川化當作虛各本皆誤　注以導其氣也　表本茶陵本導作通無其字案此蓋尤校改之也　注然水火相殘　表本茶陵本殘作踐是也　注閔子騫曰　案騫當作馬表本亦誤茶陵本改爲公鉏然之大謬　注而不可以相違　表本茶陵本違作爲是也　注陳敬仲曰　表本茶陵本作毛詩曰案此尤校改之也　注漢書曰成帝下至故世謂之五侯　表本此三十二字作五侯已見鮑明遠數詩是也茶陵本複出非　注言□至道均被　表本茶陵本言□作善曰案尤改善曰入下而誤衍言字下注首空二字者三處皆尤改此亦當同彼矣　注而可御於前也　何校去而字陳同各本皆衍　注陰晷影之候也　表本茶陵本無之候二字是也　注候明時以効績　表本茶陵本候作願是也　注何休公羊傳曰　案傳下當有注字各本皆脫　注

尸子曰下至是弗聽也表本此二十五字作繞梁已見張景陽七命是也茶陵本複出非注晝出瞑目陳云瞑瞋誤是也各本皆譌注子以父言聞於君乃召蘧伯玉表本茶陵本無於字乃字注可謂生以身諫表本茶陵本無可謂二字注薦之於穆公表本茶陵本無於字注晏子春秋曰下至晏子之謂也表本此一百二十八字作齊堂之組已見張景陽雜詩是也茶陵本複出非注孫卿曰案卿下當有子字各本皆脫瞽叟清耳表本茶陵本叟作史案此尤誤改也注謂以明水滫滫粢盛黍稷表本茶陵本二滫字作滌案此當作滫滌尤校補滫而誤并改滌耳注善曰日月發輝案善曰二字不當有表茶陵二本誤在注首尤移入下而仍衍此非非假百里之操案五臣百作北表茶陵二本校語云善作百五臣作北百里不可通此必有誤疑里當作牙劉及善無注以百牙自不煩注耳注善曰下愚由性案善曰二字不當有說已見前注戰國策曰白骨疑象碔砆類玉

表本此十二字作武夫已見上文是也茶陵本複出非　注繫一梲之功也　案繫當作擊一字不當有各本皆誤衍　注言爲政之道恕己及物也　表本茶陵本無道字　注誅猶痛責之甚也　表本茶陵本無猶痛之甚四字　注衝風起兮橫波　案橫上當有水字各本皆脫　注唯化所珍　陳云珍疑甄今案當作移各本皆誤　注流爲水及風　案流字不當有各本皆衍　注史史魚　表本魚下有並已見上文五字是也茶陵本複出非尤刪削益非　注而悲感者也　案悲字不當有者當作周各本皆誤此以感周與上句悲殷對文　注或者以詩序云　表本茶陵本無或者以三字案此注各本皆有誤無以正之　注善曰性命之道　何校去善曰二字是也各本皆誤　注文子曰　何校文上添善曰二字陳同是也各本皆誤　注蔡邕琴操曰　下至　象五行　表本此十六字作已見上文是也茶陵本所複出云云皆非

卷五十六○女史箴○王猷有倫　茶陵本王上有而字云五臣無表本云善有案

此尤誤去之也注王猷允塞表本茶陵本猷作猶是也施衿結褵陳云褵據注當作離案所校是也表茶陵二本所載五臣翰注中字作褵是其本乃作褵各本以之亂善而失著校語正文與注遂不相應甚非注徐幹中論曰表本徐上有同衾夫婦也五字茶陵本無○封燕然山銘○注謂登用輔翼表本茶陵本無用字翼下有也字案此尤校改之也注如虎如貔如熊如羆案當作如虎如羆如貔如離不知者改之耳各本皆誤後漢書章懷注引亦可證注此音訓並與上同也案此下當有離字並字不當有上當作螭各本皆誤然後四校橫徂表本茶陵本云善作狙案狙傳寫誤尤校改正之也注子稽粥立何校粥改鬻是也各本皆譌注殺北都尉何校北下添地字尉下添卬字陳同是也各本皆脫注與碣同表本茶陵本同下有音義曰渠烈切六字案二本最是尤誤去○座右銘○注行行剛強貌表本茶陵本貌下有論語曰長沮桀溺耦而耕孔子使子路問津焉桀溺曰悠悠者天下皆是也而誰與易也三十四字案二本是

也此尤誤刪　注郭璞三蒼曰表本茶陵本無郭璞二字○劒閣銘○注假稱蜀都太守陳云都郡誤是也各本皆譌○石闕銘○注尚書曰湯旣黜夏命陳云書下脫序字是也各本皆脫　注書曰有扈氏威侮五行怠棄三正表本茶陵本無此十三字案此尤校添之也　刑酷然炭何校然改爇今案所改非也廣韻一仙爇字下引此刑酷爇炭故何據之考廣韻所引如十姥之抱土含⿸虍巴二十陌之嘆嘆不得語之類與今本選文迴異皆別有所出不容相證何未得其理耳茲均無取焉　注三年十二月陳云三二誤是也各本皆譌　注胡馬之千羣案之字不當有各本皆衍　注魏略王陵陳云陵當作袤下同是也各本皆譌　注以卿非肯遂折簡者也陳云遂逐誤是也各本皆譌　注以牛爲禮茶陵本禮作礼表本與此同案當作札各本皆誤　伐罪弔民表本茶陵本云民善作人是也注弔其民二本作人此皆誤改　注湯始征口自葛表本茶陵本無空格是也　注日桀爲無道

表本茶陵本無日字是也注李康運命論表本茶陵本無李康二字論下有曰字是也注□
又曰表本茶陵本□又作尚書案此尤校改正之也前樊鄧威懷巴黔厎定注亦連有兩尚書曰尤仍未改必本在每句下故如此耳注升于中天表本茶陵本于中作中于是也注蒼頡曰何校頡下添篇字陳同是也各本皆脫注祝良爲梁州刺史陳云梁疑當作涼祝良刺涼州見范史陳龜傳案所校是也各本皆誤注禮經謂周禮也案禮經當作經禮各本皆倒注其角
一正東表本茶陵本無其角二字或以布化懸法表本茶陵本化作治何校改治今案非也此諱治爲化五臣迴改二本失著校語尤所見爲是矣凡餘於諱字不可悉出但讀者當知其多失舊耳色法
上圓表本茶陵本校語云圓善作負案二本此注字乃作圓篇末注則作負今盡作圓蓋皆尤所改其實非也負圓古同字下篇金筒方負之制二本有校語正文及注皆作負是也又圓流內襲各本皆以五臣亂善非注
臨煙雲陳云雲雨誤是也各本皆誤注故云却背也表本也下有後注同三字案表本凡

云後注同者皆并善入五臣然則此後當有周禮曰應門二轍漢書曰秦地五方雜錯然此五方謂哭之五方也二十六字今在其所載向注中也茶陵本亦并入五臣失著餘同向注尤所見蓋與之同誤

○新刻漏銘

○注孟春始贏　表本贏作贏下同案贏字是也茶陵本亦誤贏正文作盈疑尚有盈贏異同之注而未全

注掌壺以令軍井　茶陵本掌下有挈字是也表本亦脫

注懸壺以哭　案哭上當有代字下當有者字各本皆脫

注令軍中衆　何校衆上添士字是也各本皆脫

注鄭元曰下至異晝夜漏也　此三十二字表本茶陵本無案因已見五臣而節去二本非尤是也

注新序固乘曰　表本茶陵本無固乘二字

布在方冊　表本云善作布在方冊茶陵本云五臣作有布方冊案各本所見皆非也此以有布與下無彰偶句非取禮記成文善亦作有布陟注文而傳寫誤

注布在方冊　表本茶陵本冊作策案此尤順正文改耳蓋二本是而尚有冊策異同之注否則善正文自作策也

注有水赤其中　表本茶陵本無此五字

注晝夜漏起　案晝字不當有各本皆衍

注則河

瀸海夷表本茶陵本作則河海夷晏案此尤校改之也　注周禮曰下至以叫百官此十六字表本茶陵本無案囙巳見五臣而節去　注諸侯有日御表本御下有草創巳見上文六字是也茶陵本複出非尤刪削益非　注登大庭之庫何校庭下添氏字是也各本皆脫　注謂土圭也表本也下有巳見上文四字是也茶陵本複出非　注十累一銖表本茶陵本銖下有撮麤括切四字是也案此善音尤誤去　注巴郡落下閎與焉表本茶陵本無巴郡二字　無得而稱也案得當作德茶陵本云五臣作得表本云善作德此以五臣亂善　注孔甲有盤盂之戒表本茶陵本戒下有言也二字案此尤校刪之也　注紀善綴惡表本茶陵本綴作掇是也　注奧矣不窮表本茶陵本奧作煥是也　注呂氏春秋曰表本呂上有熙載巳見上文六字是也茶陵本複出非尤刪削益非　注角平升桶權概案升當作斗各本皆譌　注禮義消亡表本茶陵本禮上有齊宣公之時五字案當衍齊字耳何陳校皆改齊爲衞　擊刀舛次表本

茶陵本刀作刀案注中字各本皆作刀又上注引漢舊儀擊刀斗表茶陵二本亦作刀考此字本作刀後人作刀以

別之蓋已久矣其錯出作刀者轉因譌而偶合於古耳餘放此不具出 **聚木乖方** 表本茶陵本聚作叢

案善引周禮以序聚欜爲注是其本作聚二本所載銑注則云叢木是其本作叢二本失著校語也當以尤爲是矣

月不遁來 茶陵本云五臣作遁表本云善作知案此尤校改也知字不可通必有誤或亦作遁與五臣無

異而尤改爲得之或善自作知而不字有誤今無以考也 **○王仲宣誄○誰謂不庸** 何校

庸改痛陳云庸痛誤表本茶陵本作痛云善作庸案庸字不可通蓋各本所見皆傳寫誤 **注遭家不造**

表本茶陵本遭家作少遭案此尤所校改也 **注國稱陳留風俗記曰** 何校國改圈陳同是

也各本皆譌 **注魏滅** 表本茶陵本無此二字 **注易稱所謂陽九之厄** 案稱當作

傳各本皆誤 **注魏志曰粲** 下至 **爲龍爲光** 此二十七字表本茶陵本無案因已見五臣而

節去 **注幽贊於神明** 表本茶陵本贊作讚是也 **綦局逞巧** 案綦當作棊注中字可證五臣

作棋表茶陵二本正文及其所載銑注如此此尤改棋爲碁而誤成綦字注是用不售案售當作集各本皆譌

注南郡有編鄀縣表本茶陵本縣下有音義曰編音鞭鄀音若九字案此眞善音正文下若字五臣音也尤誤刪此存彼

注將命之日表本茶陵本將下有受字是也與君行止表本茶陵本君作軍是也此尤本誤字

注小人徇財君子徇名表本作胥士之徇名小人之徇財茶陵本與此同案此尤改也

○楊荆州誄○滎陽楊史君表本茶陵本史作使案此似善史五臣使不同二本失著校語也

注實左右商王表本茶陵本無實字案此尤所校添也二十八將論運命論褚淵碑文注引皆無不與今毛詩同添之未是

注周禮曰謚者表本茶陵本禮作書是也

注有蘇韋而附注者何校而改之去者字是也各本皆誤

投心魏朝茶陵本魏作外外云五臣作魏表本云善作外外案此尤校改以五臣亂善

注錫爾土宇歸章案錫字不當有歸當作昄各本皆誤

注晉宮閣銘曰案銘當作名各本皆誤後宣貴妃誄引同

注神

亦往焉觀其苛慝表本茶陵本亦往焉作人案此尤校改之也僞師畏逼何校師改帥陳云此謂步闡也師乃廟諱似不應用案所說是也帥字別體作師因致譌耳他書亦往往相混注景命有順何校順改傾陳同是也各本皆譌聖王嗟悼表本云善作王茶陵本云五臣作主陳云作主爲是案王蓋傳寫誤注先王覆露子也陳云王主誤是也各本皆譌○楊仲武誄○楊綏表本茶陵本綏作經是也此尤本誤字何陳校皆改經注將何以終遂誓施氏表本茶陵本無此八字喪服同次茶陵本同作周云五臣作同表本云善作周案此尤校改以五臣亂善當此衡焱案焱當作猋各本所見皆非

卷五十七○夏侯常侍誄○譙人也表本茶陵本譙下有國譙二字是也此尤本脫辟太尉府何校府下添掾字陳同案此非也表本云善無掾字茶陵本失著校語何陳誤依之仍爲太子舍人表本茶陵本無仍字是也此尤本衍注禮記曰人生二十曰弱

冠表本茶陵本無此十字案此即尤誤取增多者注視之如傷表本之作民是也茶陵本亦誤之

注曹子建楊德祖書曰何校楊上添與字陳同是也各本皆脫莫涅匪緇案緇當作淄淄注引論語作淄可證後漢書皇后紀論遂忘淄蠹章懷注云淄黑也座右銘在涅貴不淄注亦引涅而不淄淄緇同字耳不知者誤改之也表本并善注改爲緇字大誤入侍帝闈表本茶陵本闈作闥案此無以考也注而誰爲表本茶陵本爲下有慟乎二字案此尤校刪之也○馬汧督誄○注蘭羌案蘭上當有馬字關中詩注引有各本皆脫今晉書惠帝紀亦可證也注氐以偏師陷案氐下當有子字各本皆脫注日出東南隅曰陳云隅下脫行字是也各本皆脫注羌什長翬便然更蓋其種也案便當作傁更當作叟各本皆誤善意謂叟即傁字也或尚有傁叟異同之語而不全若作便更則不相通又案以此推之正文及上注二更字皆叟之誤後誄翬更恣睢亦然注下礧石茶陵本礧作壘表本作礨案壘字是也此所引李陵傳文注城上礧石也表本

茶陵本礧作壘案各本皆非當作雷此所引晁錯傳注文 注然礧與壘並同 案壘當作壘雷二字各本皆誤 注梠楣也 表本梠上有孚廢切又曰五字也下有又曰二字是也茶陵本與此同非 注幕罝內井 表本茶陵本無此四字 注於幕中府 表本茶陵本無府字是也 注梁王彤陳云彤彤誤是也各本皆譌又案闕中詩注與此同亦譌也 注何戴 表本茶陵本作何戴切三字在注末是也 注然則口不言 案則字不當有各本皆衍 注甘茂謂楚王曰魏氏聽表本茶陵本無此九字 注獨行怨睢之心 案怨當作恣各本皆譌 注司馬兵法曰 陳云曰字衍是也各本皆衍 精冠白日 表本茶陵本冠作貫是也此尤本誤字 注康睢曰 陳云康唐誤是也各本皆譌 注太尉應劭等議 何校尉下增掾字陳云脫掾字見後安陸昭王碑是也各本皆脫 注王逸楚辭曰 陳云辭下脫注字是也各本皆脫 棓穴以斂 表本茶陵本棓作掊注同是也此尤本誤字 注棰也 表本茶陵本棰作捶是也 悠悠烈將 何校

列改列陳同各本皆非　注模表本茶陵本作音模二字在注末是也　甘棠不翦表本茶陵本不
作勿案此無以考之　注若不戢翼而少留也案若字不當有各本皆衍　琅琅高致
表本茶陵本作硍硍注同是也此尤本誤　注堅也表本茶陵本也下有力唐切三字是也　○陽給
事誄○注文士顏延年表本文上有後文帝立命五字茶陵本無案此節注表并善入五臣
茶陵并五臣入善皆非其舊　注摩表本茶陵本無此字注末有劘與摩音義同六字案有者是也尤删移非
注列營基跱案基當作朞各本皆譌　注橈敗也案敗當作曲各本皆誤所引在成二年
注左氏傳曰下至殺陽處父表本茶陵本無此八十八字何校去陳云別本無之爲是案此
即尤誤取增多者　注盾佐之表本茶陵本盾上有趙字是也　注苫夷也表本茶陵本苫下有
越苫二字是也　舊勳雖廢茶陵本廢作發云五臣作廢表本云善作發案此尤校改正之也發但傳寫誤
注其知深其慮沈表本茶陵本此六字作其勇沈也四字　注服服馬也衡車

衡也表本茶陵本無此八字案無者最是此尤誤取增多注章帝詔表本茶陵本詔下有曰字是也注蒼頡曰何校頡下添篇字陳同各本皆脫注疏分也表本茶陵本無此三字○陶徵士誄○注說文曰璇表本茶陵本璇作琁是也注韓詩外傳曰下至何患無士乎表本無此注茶陵本有案疑茶陵複出尤所見與之同耳蓋本是無足而至已見上文表因已見五臣而刪削此句注豈宴樓末景表本茶陵本豈作堂案堂亦非也當作賞注親探井曰茶陵本探作操是也表本亦譌注田對曰案田字不當有各本皆衍注亦爲親也表本茶陵本亦作以是也注劭表本茶陵本作音劭二字在注中履頭也下是也注劉劭集有酒德頌也何校劭改靈陳云劭伶誤案靈是也說見前又褚淵碑文作伶亦非注得黃金百斤案斤字不當有百與諸協韻茶陵本作兩亦衍表本此節注并入五臣亦作兩然則五臣妄增之也漢書無今史記衍斤字尤依之改非又案表本錯善注同三字在貞夷粹温句五臣注下更爲誤中之誤注列士懷植散

羣表本懷作壞是也茶陵本亦誤懷此所引田子方文注范曄後漢書曰論表本曰論作論曰是也茶陵本亦誤倒注孟子曰下至君子不由也表本茶陵本無此二十字案此因巳見五臣而節去尤添之爲是敬述靖節案靖當作清表本云善作靖茶陵本云五臣作清各本所見皆傳寫誤此下八句敘述薄葬必是清節無疑至末旌此靖節方說其謚相涉致譌並非善如此注訃或作赴表本茶陵本或下有皆字案有者是也此所引雜記上注文尤誤刪注斂手足形表本茶陵本手作首是也案尤誤改至方則礙表本茶陵本礙作閡案此蓋尤改之未必是也注未必攊也表本攊作攊攊下同是也茶陵本亦誤攊案正文作歷或尚有歷攊異同之注注飄風與案與當作輿各本皆譌注百官箴王闕何校重官字是也各本皆脫注妻曰昔先表本茶陵本先下有生字是也○宋孝武宣貴妃誄○注而温之至生黍案之字不當有各本皆衍天寵方降表本茶陵本降作隆是也何校改隆案此尤本誤字注敢揚厚德表

之旒旌 表本茶陵本厚作后旒作旒案此尤校改之也 處麗絺綌 茶陵本云五臣作綌表本云善作綌案綌即綌別體字此及注皆尤所改耳 視朔書氣 茶陵本云五臣作氣表本云善作氣案此亦尤所改 注爲紫禁 表本茶陵本禁下有禁密奧又謂之巖奧八字案此尤校刪之也 注衡以離宮別寢 表本茶陵本無別寢二字案此尤校添之也 注毛詩曰凱風 陳云詩下脫序字是也各本皆脫 注司馬彪漢書曰 表本茶陵本漢上有續字是也 循閶闔而逕渡 案渡當作度注同表本云善作渡茶陵本云五臣作度各本所見皆傳寫誤 注乃奏樂三日而終 表本茶陵本無而字 注瓚說是也 表本茶陵本也下有輈力強切四字是也 ○哀永逝文○注說文曰轜 案轜當作輀各本皆譌此在車部作輀輀即輀別體字表本正文作輀蓋五臣改失著校語茶陵本作轜亦轜之譌耳 嫂姪兮慞惶 茶陵本慞惶作章偟云五臣作慞惶表本云善作章偟案此以五臣亂善非 注陳琳武軍賦曰 何校軍改庫是也各本皆譌 注於西壁

下塗之曰寢表本茶陵本寢作殯是也是乎非乎何皇表本茶陵本皇作遑案此善皇五臣遑失著校語注我獨而能無槩然表本茶陵本而作何是也

卷五十八○宋文皇帝元皇后哀策文表本無皇帝元三字茶陵本有案此蓋善有五臣無而失著校語注詔前永嘉太守顏延年表本年作之是也茶陵本亦誤年注爲哀策文茶陵本文下有謚曰元三字表本無案有者是也注卬表本茶陵本作軼音卬三字在注中桯餘征切上是也注韓詩纚繫也表本纚上有曰字是也茶陵本亦脫何校詩下添章句二字陳同案各本蓋皆脫下注韓詩曰淑女同注劉熙釋名曰容車下至以合北辰表本茶陵本無此四十字注行表本茶陵本作珩音行三字在注中琚音居上是也注旌旗以銘功也表本茶陵本無此六字注左氏傳曰下至或憑焉表本茶陵本無此二十字案無者最是注呂氏春秋曰天道圓地道方何以說天道之

圓也表本茶陵本無曰天道圓地道方何以九字案此校添之也注王者膺慶於所感
案者字不當有感當作感各本皆誤注毛詩曰下至于以采藻表本茶陵本無此十三字注
蘋之言賓藻之言澡表本茶陵本無此八字注故取名以爲戒表本茶陵
本無此六字方江泳漢茶陵本泳作詠云五臣作泳表本無校語案茶陵所見非也注東都
賦曰表本茶陵本賦作主人是也注陳女圖以鏡鑒顧女史而問詩表本
茶陵本此十二字作陳列國史以鏡鑒也八字案此尤校改之也注之逝切表本茶陵本此在注末是
也注零細切表本作眂音視沴零細切七字在注中漢書曰上是也茶陵本移零細切在注首非尤刪
眂音視益非注漢書儀曰何校書改舊陳同是也各本皆誤注禮記曰下至必於
歲之杪表本茶陵本無此十三字案無者最是○齊敬皇后哀策文○注追
尊爲敬皇后表本茶陵本無敬字案此尤校添之也注東昏侯寶卷表本茶陵本侯

寶卷作也是也注周禮曰遂人案人當作師各本皆誤注以蜃車之役衛案以當作共衛字不當有各本皆誤注柩載柳四輪何校柩下添路字陳同是也各本皆脫注阮瑀正欲賦曰案正當作止各本皆譌注今王翁鄭孺陳云鄭字衍是也各本皆衍注賢女馨袁本茶陵本馨下有香字是也注毛詩序曰下至被於南國袁本茶陵本無此十二字注孔安國傳曰何校傳上添尚書二字陳同是也各本皆脫注淮南子曰下至高誘曰袁本茶陵本無此十四字注軒轅星也袁本茶陵本也作名又袁本此下有已見上文曜星也七字茶陵本有曜星也三字案袁本是也茶陵本刪非尤改益非注毛詩曰清廟陳云詩下脫序字是也各本皆脫注璋瓚夫人所執袁本茶陵本無此六字宸居長往袁本茶陵本居作駕案此尤改之蓋二本是注禮記曰口袁本茶陵本無空格是也映輿鎩於松楸袁本茶陵本鎩作鍛是也注同籍閟宮之遠烈兮袁本茶陵本籍作藉是也

終配祇而表命表本茶陵本祇作祀案此尤改之蓋二本是注趙達以機祥協德案機當作禨各本皆譌注假結帛巾各一枚表本茶陵本無枚字案無者是也范書光武十王傳所載亦無此字可借爲證注可瞻視表本茶陵本瞻視作視瞻是也○郭有道碑文茶陵本此上有碑文上三字另爲一行是也表本亦脫注魯人有儀公潛者案儀公當作公儀各本皆倒此所引公儀第九文也將蹈鴻涯之遐迹案鴻當作洪注引西京賦神仙傳皆是洪字可證表茶陵二本所載五臣翰注字作鴻蓋各本亂之而失著校語又案蔡中郎集亦作洪注由以告巢父焉表本茶陵本無巢父焉三字注毛詩曰顯顯令問案曰下當有令問令望出師頌曰八字各本皆脫陳改毛詩二字作史孝山出師頌六字未是也注君其試之表本茶陵本無此四字注尚書祖乙曰案乙當作己各本皆譌○陳太丘碑文○注袞職謂三公也表本無此六字是也茶陵本有其此節注與五臣錯互而誤衍慙於臧文

竊位之負表本茶陵本臧文作文仲案此無以考之集亦作文仲 注孝經援神契曰下至仁明此十八字表本茶陵本無案因已見五臣而節去尤添是也 遣官屬掾吏何校吏改史是也各本皆傳寫譌集亦作吏譌與此同 注直用表本茶陵本作重直用切四字在正文以成時銘下是也 以時成銘表本茶陵本時成作成時案此無以考之也集亦作成時

○褚淵碑文○

注於予小子案予當作乎各本皆譌 用人言必由於己表本云善有八字茶陵本云五臣無案各本所見皆非也蓋涉注引用人如用己而誤衍非善與五臣有異何校去言字亦誤 注先過

表宏表本茶陵本宏作閎是也 注譬諸汎濫案汎當作氿各本皆譌氿濫氿泉濫泉也荅賔戲云懷氿濫何陳校改氿者非 注范曄後漢書左朱雲曰案書字當重左當作佐各本皆脫誤何陳校去左字者非 注鄭元禮記曰表本茶陵本記下有注字是也 注閔子騫曰案騫當作馬各本皆譌 注有豫章郡雩都縣表本茶陵本無有字陳云當在雩字上是也尤校添

而誤其處既秉辭絜之分陳云分五臣作介爲是案陳所說非也分字去聲謂其辭過分之賞由能秉執己分合觀下句自明五臣誤讀爲介而云孤介之節全失文意此善與五臣截然有異不容亂之者注楚人鬼之越人機之茶陵本上之作而無下之字是也表本誤與此同又案機當作禨各本皆譌注諫過而後賞善案後字不當有各本皆衍丹陽京輔何校陽改楊陳同是也下注同案二字多相混此亦不具出注李尤有函谷關銘曰表本茶陵本無有字是也注太宗明帝表本茶陵本無此四字案無者最是注孟軻曰茶陵本軻作子是也表本亦誤軻注昔有魯伯禽陳云有者誤何校魯下添公字是也各本皆誤脫不貳心之臣茶陵本不上有率字云五臣無表本校語云善無率案尤所見與表同是也茶陵校語有誤嗣王荒怠於天位表本茶陵本王作主是也注檄太常曰何校檄改移陳同是也各本皆誤注君子徽猷陳云子下脫有字是也各本皆脫注晉起居注曰帝詔曰陳云上日字安誤是也各

本皆誤

注周禮大司徒職曰下至媢音因表本茶陵本無此六十四字

餐東野之祕寶茶陵本野作杼云五臣作野亦作序表本作野無校語案善注東野未詳又注然野當爲杼古序字表茶陵二本所載五臣翰注云野當爲序云云然則杼序皆後人改茶陵校語全非

注雖去列位表本茶陵本雖去作在是也

注又曰雒書表本茶陵本又作一是也

注河圖本紀表本茶陵本本作今陳云據王元長策秀才文注引璇璣鈐本命誤紀下脫也字是也

注晉書劉伶表本茶陵本無晉書二字伶作劭案尤所校改亦非劭當作靈說見前

注諸公給虎賁三十八表本三作二是也茶陵本亦誤三

注公繁駔而馳表本茶陵本繁作擊案此尤校改之也後齊故安陸昭王碑文注引作繁駔不誤亦可證

注知不如車之駃陳云駃駃誤是也各本皆譌齊故安陸昭王碑文亦譌駃

羣后恇動於下表本茶陵本動作慟案此無以考之也

注謝慶緒

答郄敬書曰表本郄作郗是也茶陵本亦誤郄又案敬下當有輿字各本皆脫前遊天台山賦注引可

證其郄字彼亦誤當互訂也注五星聚房者陳云當重有房字是也各本皆脫注同據而興陳云同周誤是也各本皆譌注故良也表本茶陵本故下有曰惟二字天鑒璿曜何校璿改琁陳云據注璿當作琁案表茶陵二本所載五臣良注字作璿此必善琁五臣璿各本亂之而失著校語內謨帷幄表本茶陵本謨作謩案上文內贊謀謨作謨宏二八之高謩作謩善果何作無以考之也注音逝表本茶陵本此二字在注末是也

卷五十九○頭陁寺碑文○注王巾何校巾改中下同陳云巾中誤案說文通釋王中音徹俗作巾非何陳所據也各本皆作巾注漢書枚乘上書吳王曰表本茶陵本無漢書二字注大智度論曰亦以涅盤爲彼岸也陳云衍曰字是也各本皆衍注宮商角祉羽也表本茶陵本祉作徵案此尤因諱改字耳於是元關幽揵表本茶陵本揵作鍵表校語云善本作扌注字皆作揵茶陵本無校語注字皆作鍵案茶陵以五臣亂善非注

物所以機心應之表本茶陵本所作斯是也注廣雅曰撓亂也表本茶陵本此下有乃飽切三字是也注劉虯曰菩薩圓淨表本劉上有法華經曰慧日大聖尊久乃說是法十四字是也茶陵本亦脫注子莊王陀立表本陀作佗是也茶陵本亦誤陀注盡功金石案盡當作書各本皆譌注名被東川陳云川疑州誤是也各本皆譌注年二十五出家師釋道安符丕後還吳案此有誤劉孝標世說新語言語注引高逸沙門傳云年二十五始釋形入道恐此本與彼大意相同並不云出家師釋道安符丕云云今誤涉下惠遠傳文而如此也何陳校皆云符丕下有脫未是注馮衍說鮑叔永曰表本茶陵本無叔字是也注緣亦斯廢也陳云亦當作空是也各本皆誤注惑煩惚也案惚當作惱各本皆誤注范睢後漢表本茶陵本無此四字注李尤七難曰案難當作款各本皆誤宏啓輿服表本茶陵本服作復是也注禮記曰步中武象案記當作書各本皆誤此引史記禮書也下引

鄭氏曰云云即裴駰集解何校以爲今禮記佚文大誤　諱諠　何云南史作暄陳云諠暄誤注同案此所引南齊書江祏傳文今本亦作暄蓋傳寫譌諠也　注爲江夏王郢州行事者　陳云行事下當重有行事二字行事之名後漢已有之如西域長史索班稱行事是也見西域傳案所校是也各本皆脫　注匹婢　表本茶陵本作芳婢切三字在注中庀具也下是也　注司馬紹贈山濤詩曰　案紹下當有統字各本皆脫　注靡華九衢　案華當作莽各本皆誤　金資寶相　表本茶陵本資作姿是也　庶髣髴於衆妙　表本茶陵本於作乎是也　注乾動川靜　何校川改巛陳云川巛誤是也各本皆譌　式揚洪烈　茶陵本式作戒云五臣作式表本云善作戒案此尤校改正之也戒但傳寫誤耳

○齊故安陸昭王碑文○注五帝出受圖籙　表本茶陵本圖籙作籙圖是也　魏氏乘時於前　案乘時當作時乘茶陵本校語云五臣作乘時是也表本校語云善作乘時非也善時乘五臣乘時於注皆有明文表互換正文耳尤以五臣亂善所見誤與表同陳云二字當乙最是　注

及文武成康表本茶陵本無成字注簡略也表本茶陵本簡略作略簡是也恨賦脫略公卿注引此可證注枯耽表本茶陵本作枯耽切三字在注末是也注緬爲宋劭陵王文學何校劭改邵陳同是也各本皆譌注吳王書閭廬陳云書字衍是也各本皆衍注求民之瘼案瘼當作莫各本皆誤觀下注可見注我太公鴻飛兗豫何校公改祖陳同是也各本皆誤注劉琨勸進奏曰表本茶陵本奏作表是也鄧攸之緝熙萌庶表本茶陵本萌作氓案二本以五臣亂善而失著校語尤所見獨未誤也注衿帶喉咽表本茶陵本喉咽作咽喉是也注鄧南鄷人陳云南下脫鄷字是也各本皆脫注闔外已見上文表本茶陵本複出云云非注門限也表本茶陵本也下有苦本切三字是也注千仞之漢案漢當作溪各本皆誤德與五才並運表本茶陵本才作材表校語云善作才注亦作才茶陵無校語注亦作材案此蓋善材五臣才表誤互換尤所見與表同茶陵爲得之也與前江賦五才可相證注倪寬

爲郡內史何校郡改左陳同是也各本皆誤　注聚人於藋蒲之澤陳云聚取誤是也各本皆誤　注征艾朔士何校士改土是也各本皆譌　注歌錄曰鴈門太守行曰陳云錄下曰字衍是也茶陵本與此同表并入五臣無可借證　注宏爲東郡陳校東下添陽字云世說注引續晉陽秋可證東陽今浙東金華也若東郡在晉爲濮陽之地當彦伯時已久陷北境安得往莅之案所說最是前三國名臣序贊題下注所引亦有陽字又其一證也　注漢書廣武君下至以迎小人此節注表本茶陵本并善入五臣與尤全異或尤別據他本今無以訂之　注漢書名臣奏曰陳云書字衍是也各本皆衍　注隔在漢北何校漢改漠陳同是也各本皆譌　注羌戎豪帥感負恩德茶陵本羌戎作破萸鞬無德字表本與此同案似茶陵是　注具以狀言表本茶陵本言下有安字是也　注蔡彤爲遼東太守茶陵本蔡作祭是也表本亦誤蔡下同　注囹圄寂寞表本茶陵本寞作寥是也　注字叔庠表本茶陵本庠作平案今范書作庠尤依

以校改也注爲國賊者袁本茶陵本者下有徒頰切三字是也注晉諸公讚曰下至即號哭罷市此注袁本茶陵本幷善入五臣全異或尤別據他本也注韓詩曰陳云詩下當有章句二字見任彥昇勸進牋注是也各本皆脫載惟話言袁本茶陵本惟作貽是也注兄弟先後袁本茶陵本兄弟作弟兄何校弟先先改先先弟陳云弟先二字當乙案齊竟陵文宣王行狀引正作兄先弟後注尚書曰魯侯伯禽陳云書下脫序字是也各本皆脫注喻今之文字多袁本茶陵本多上有煩字是也注儲積山藪陳云積精誤是也各本皆誤虛懷博約袁本茶陵本約作納袁校語云善作約茶陵無校語案詳注意約但傳寫誤尤所見與袁同非也茶陵爲得之幾以成務袁本茶陵本幾作機案此蓋善機五臣幾二本失著校語又注中幾機互換非尤改善作幾亦非清猷浚發袁本茶陵本浚作濬是也注夏侯稚何校稚下添權字陳云稚下當脫一權字魏夏侯稚權以才學稱見荀勗文章敘錄案所校是也說已見前各本皆脫注以從王乎袁本茶陵本乎

下有此字是也注涕以手揮之也陳云涕下脫流字各本皆脫○劉先生夫人墓誌○欣欣負載何校載改戴陳云載戴誤注同是也案二字多相混此亦不具出注音攜表本茶陵本作畦音攜三字在注末是也注丞相遵之後也何校遵改導陳同是也各本皆譌寂寞楊家表本茶陵本寞作寥案此疑二本是也

卷六十○齊竟陵文宣王行狀○任彥昇案此三字當在上齊竟陵文宣王行狀一首下各本皆錯誤在此南蘭陵郡縣都鄉何校都上添中字據南齊書高帝紀文校陳云疑當作東見前安陸昭王碑文注案彼注即引南齊書東中華異未必非東誤也又案縣上當有蘭陵二字此歷說州郡縣鄉里不應祗云縣而不云何縣注應劭漢書注曰表本茶陵本無漢書注三字案無者是也注后倉作齊詩也表本茶陵本后倉二字作臣瓚曰韓固五字案二本是也韓乃轅之譌儒林傳可證尤據顏注藝文志所引改之非注前代史岑比之何校比之改之比是也各本皆

倒

注毛詩傳曰無畔換案無字不當有又換詩作援畔援猶跋扈也在鄭箋此各本皆有誤

注王永字安期茶陵本永作承是也袁本亦誤永晉書本傳可證

注東夏會稽也袁本茶陵本無此五字案二本在五臣銑注此蓋誤入

注孫復爲昭也袁本茶陵本也下有音韶二字是也

注倪寬爲農都尉大司農奏課最連陳云爲下脫司字又最連當乙是也各本皆誤

注范曄後漢書曰劉寵袁本范曄後作華嶠案袁本是也但嶠下仍當有後字此初同袁脩改者非茶陵并入五臣更非

注曾子謂子思伋曰陳云伋曰二字當乙是也各本皆倒

而茄戚肌膚袁本茶陵本戚作感是也

沈痛瘡鉅案瘡當作創善引禮記創鉅者爲注可證袁茶陵二本所載五臣向注字作瘡然則善創五臣瘡各本亂之非

注漢書曰萬石君傳曰袁本茶陵本書下無曰字是也

注范曄後漢書袁本茶陵本無此五字

注幸逢寬明之日將值危言之時袁本茶陵本作幸蒙危言之世遭寬明之時案此所引恐據馮衍集

尤校改全依范書未必是也**武皇帝嗣位**茶陵本無皇字帝下校語云五臣作皇表本皇下校語云善有帝字案尤所見與表同**食邑加千戸**表本茶陵本加千作如千案考南齊書云二千戸上文云食邑千戸故此云食邑加千戸即二千戸也善無注者本不須注耳五臣濟注乃云如千猶若干無定戸故也可謂妄説二本不著校語以之亂善甚非尤所見獨未誤**儀形國冑**案形當作刑注引毛詩表山松後漢書俱是刑字茶陵本亦然表本注中盡作形非也上文寔秉儀形之寄注別引晉中興書可知此不得與彼同各本皆作形或五臣如此藉田賦儀刑孚于萬國五臣作形其證也**允師人範**表本云善作師茶陵本云五臣作歸案各本所見皆非師但傳寫誤**注中大夫**表本茶陵本作掌以孅詔王五字案此尤改之也**注有諫諍之義**茶陵本弁五臣入善有此句表本弁善入五臣無今無以訂之也**注父母生之**案母字不當有各本皆衍**使持節都督楊州諸軍事**茶陵本楊作揚表本亦作楊案揚字是也下及注盡倣此**萌俗繁滋**表本茶陵本繁滋作滋繁案二本所載五臣良注云滋繁言多也未審善

果何作或不與五臣同而尤所見爲是注劉縚聖賢本紀曰下至農夫號于野表本茶陵本無此三十字案或別據他本也九旒鑾輅案旒當作游善引甘泉鹵簿游車九乘爲注作游不作旒甚明表茶陵二本所載五臣濟注乃云九旒旗也是旒字爲五臣本亦甚明各本所見皆以之亂善而失著校語讀者罕辨今特訂正之注駕蒼龍表本茶陵本龍下有輅音路三字是也注導表本茶陵本作纛音導三字在注中左方上注之下是也注如今喪轜車表本轜作轜是也茶陵本亦誤轜注韓延壽給羽葆何校給改植陳同是也各本皆誤注而好下接己何校接改倿陳同是也各本皆誤注寘致也表本茶陵本無此三字案二本在五臣良注此蓋誤入注郅鄆曰表本茶陵本鄆作惲是也注鄭元曰案元下當有禮記注三字各本皆脫注野人雖云隱表本茶陵本隱作隔案隔字是也又案野人當作人野各本皆倒上文舜與野人表茶陵作人野蓋本是此作人野而誤其處注卞忠貞墓側表本茶陵本忠貞作望之是也注後以江陵沙

洲人遠何校沙上添西字人上添去字是也各本皆脫屈以好事之風表本茶陵本事作士是也何陳校皆改士注先生王叔何校叔改升下同云今國策作斗形相近之誤吳師道曰一本標文樞鏡要作王升案所校是也古今人表亦作升又其一證注宣王使謁者迎入何校迎改延是也各本皆譌乃知大春屈己於五王表本茶陵本無於字案二本下句校語云善有於五臣無於蓋尤幷校添此句也注文惠太子懋案子下當有長字各本皆脫何校添子字蓋誤注

孔藏與從弟書曰陳云藏臧誤是也各本皆譌注於衿結褵也何校於改施陳同是也各本皆譌注親結其縭表本縭作離案離字是也觀下注可見茶陵本亦誤縭又案依此正文疑善作離今作褵其誤與前女史箴同否則善尚有離褵異同之注今刪削不全也注趙文子與叔向表本茶陵本向作譽是也注弟子弔之何校弟改曾陳同是也各本皆誤注尚書曰禹案曰禹當作禹曰各本皆倒注以拾遺補闕藝表本茶陵本無藝字案此尤依漢書

改闕爲藝因誤兩存也○弔屈原文茶陵本此上有弔文二字另爲一行是也袁本亦脫注越絶書曰袁本越上有善曰二字是也下列子曰上岡極言無中正上字林曰闒茸上毛詩曰上莊子千金之珠上蝦音遐上文子曰鳳凰飛千仞上莊子庚桑楚上同茶陵本移每節首非注覓袁本茶陵本作汨音覓在注中汨水在焉下是也乃殞厥身袁本茶陵本殞作隕案史記漢書皆是隕字注不可順道而行也袁本茶陵本可作得是也案史記索隱引正作得注植史記作值袁本茶陵本作作音是也吁嗟默默袁本茶陵本吁作于案史記漢書皆是于字此注中吁亦當作于也注汗明曰大驥案大當作夫各本皆譌嗟苦先生茶陵本校語云苦五臣作若袁本作苦無校語非何云漢書作若陳云苦當從漢書作若更有顏延年祭屈原文可以互證云云案所說是也苦字但傳寫誤蓋誤認注中勞苦屈原以爲正文有苦字耳今史記亦作苦誤與此同注應劭曰嗟咨嗟苦陳云苦漢書注作也案也字是也各本皆誤史記集解所引無此字又其一證注離騷下竟亂辭也

陳云竟章誤是也各本皆誤案漢書顏注及單行索隱引皆作章注鄧展曰音昧又注蘇林曰偭音面服虔曰螅音臬又注蛭之一切螾音引此所音表本茶陵本俱無尤蓋別據他本今無以考之也注亦夫子不如麟鳳不逝之故表本茶陵本下不字作翔是也案史記索隱引正作翔注鄭元曰陳云元當作氏是也各本皆誤固將制於螻蟻表本云善作螻蟻茶陵本云五臣作蟻螻案螻與魚韻較協各本所見蓋傳寫倒善未必不與五臣同也今史記漢書皆作螻蟻而單行索隱正文仍作蟻螻可見亦未必史漢不本皆爲蟻螻今誤與此同也注中螻蟻凡三見則不拘語倒之例耳注亦謂讒賊小人所見害也何校謂改爲陳同是也各本皆誤注鱏音尋表本茶陵本此三字在注末是也

○弔魏武帝文○注貝獨坐謂中官左悺貝瑗也表本茶陵本貝作唐貝瑗作唐衡案此尤校改之也注而不畀余也何校畀余改余畀陳同是也各本皆倒注諺曰曰表本茶陵本不重曰字是

也　注史記不言何校記改既是也各本皆誤　注李範曰稅陳云範軌誤是也各本皆
誤　注漢書文昌宮表本茶陵本書下有曰字是也　注陳思王述征賦曰表本茶陵
本征作行是也　注周望兆勳於渭濱陳云勳動誤是也各本皆譌　注我營魄而
登遐案我當作載各本皆譌　注老子曰抱一案抱上當有載營魄三字各本皆脫　援貞
咎以甚悔表本咎作吝云善作咎茶陵本作吝無校語案尤所見與表同非也茶陵所見是也注貞吝有
明文咎但傳寫誤　注張堅與任彥昇書曰陳云堅昇誤昇堅誤是也各本皆誤　注孔
子謂盟器者何校盟改明是也各本皆誤　注忽縹緲以響像表本茶陵本緲作眇
是也　眝美目其何望案眝當作貯注云眝與貯同謂所引字林博雅之眝與正文之貯同也若作眝
於注不相應蓋五臣因此注乃改貯為眝各本所見皆以之亂善而失著校語　○祭古冢文○注
高誘曰棺題曰和表本茶陵本無此七字案或尤別據他本也　注而助語也表本

茶陵本助語作語助是也注先是雒陽城南何校引徐云廣漢治雒縣此陽字衍文是也各本皆
衍注格茶陵本作音格二字在注末是也表本亦誤注葬爲埋也何校葬爲改謂葬陳同是
也各本皆誤注末之有也何校有下添改字陳同是也各本皆脫注牲用白牲案下
牲當作牡各本皆譌○祭屈原文○注賈誼弔屈原文曰表本茶陵本無文字
是也上引亦無此字注極又欲充夫佩緯陳云極擬誤是也緯當作幃各本皆誤注羌
無實而害長案害當作容各本皆誤○祭顏光祿文○注機彖謂周
易班班固楊楊雄也表本茶陵本此注并入五臣恐尤亦非善舊注叔夜嵇康
字也表本茶陵本此注并入五臣恐尤亦非善舊注琴緒緒引緒也案此有誤各本皆同
無可考也注仰視浮雲馳奄忽互相踰表本茶陵本浮作驚馳奄忽作逝紛紛案此尤
校改之也注公收淚而問之表本茶陵本淚作涕是也○附案陸貽典甞據尤本校汲古閣

本其尤跋後又有跋曰說友到郡之初倉使尤公方議鋟文選板以實故事念費差廣而力未給說友言曰是固此邦闕文也願略他費以佐其用可乎迺相與規度費出閎一歲有半而後成則所以敬事於神者厚矣江東歲比旱說友日與池人禱之神神焉蓋有禱輒應歲既弗登獨池之歉猶十四也顧神貺昭荅如此亦有以哉文選以李善本爲勝尤公博極羣書今親爲讐校有補云云補字下損失今本無此跋必脫去也說友袁說友即尤跋之袁史君此跋末言尤之讐校語雖未竟而其有所改易顯然巳見今錄附於後以資詳考

文選考異卷第十

江寧劉文奎弟文楷模鐫

傳古樓景印